おれは一万石

大奥の縁

千野隆司

双葉文庫

目次

那珂湊
高浜
秋津河岸
霞ヶ浦
北浦
鹿島灘
利根川
小浮村
高岡藩
高岡藩陣屋
銚子
東金

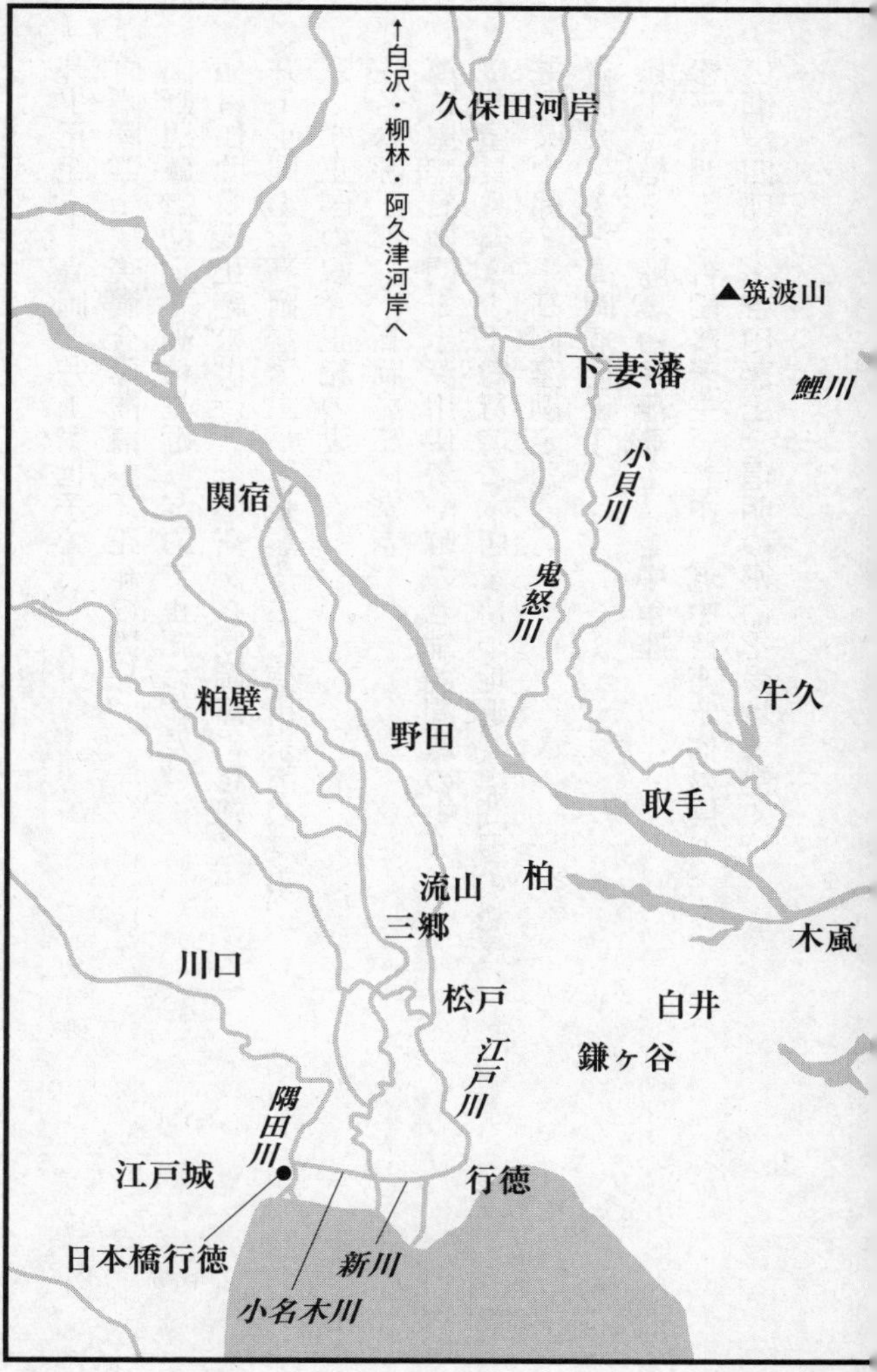
↑白沢・柳林・阿久津河岸へ
久保田河岸
▲筑波山
下妻藩
鯉川
小貝川
関宿
鬼怒川
牛久
粕壁
野田
取手
柏
流山
三郷
木颪
川口
松戸
白井
江戸川
鎌ヶ谷
隅田川
江戸城
行徳
日本橋行徳
新川
小名木川

おもな登場人物

井上正紀……高岡藩井上家世子。
竹腰睦群……美濃今尾藩藩主。正紀の実兄。
山野辺蔵之助……高積見廻り与力で正紀の親友。
植村仁助……正紀の供侍。今尾藩から高岡藩に移籍。
井上正国……高岡藩藩主。尾張藩藩主・徳川宗睦の実弟。
京……正国の娘。正紀の妻。
佐名木源三郎……高岡藩江戸家老。
濱口屋幸右衛門……深川伊勢崎町の老舗船問屋の主人。
桜井屋長兵衛……下総行徳に本店を持つ地廻り塩問屋の隠居。
井尻又十郎……高岡藩勘定頭。
青山太平……高岡藩徒士頭。
松平定信……陸奥白河藩藩主。老中首座。
松平信明……吉田藩藩主。老中。老中首座定信の懐刀。
広瀬清四郎……吉田藩士。信明の密命を受けて働く。

おれは一万石
大奥の縁

前章　出会いの場

一

無量山伝通院寿経寺《むりようざんでんづういんじゆきようじ》の境内《けいだい》に、読経の声が響いている。

十月も半ば、本堂は真っ盛りの紅葉《こうよう》に囲まれていた。錦木《にしきぎ》、白膠木《ぬるで》、楓《かえで》、檀《まゆみ》、ななかまど、銀杏《いちよう》が、杜《もり》に色どりを加えている。風もないのに、赤や黄の葉が、はらはらと舞い落ちてきた。

境内が、凛《りん》とした初冬の冷気に包まれている。

この寺は徳川《とくがわ》将軍家の菩提《ぼだい》寺の一つで、家康《いえやす》公の生母於大《おだい》の方《かた》を始めとして徳川家にゆかりのある女性や子どもが埋葬されていた。小石川《こいしかわ》の高台にあるので、天気がよい日ならば、富士山や江戸《えど》の海が見渡せた。

井上正紀《いのうえまさのり》は、伯父の尾張《おわり》藩主徳川宗睦《むねちか》から、大奥御年寄滝川《おとしよりたきがわ》の供をしろと命じられて境内に入った。滝川は将軍家斉《いえなり》公の正室寔子《ただこ》の代参で、伝通院へ赴いている。

「大事なご仁じゃ、機嫌を損ねぬように。また滞《とどこお》りなく、事を進めるように」

尾張藩上屋敷へ呼び出されて、宗睦から直々に命じられた。

奥女中は身分の上下に関わりなく、勝手に城から出ることは許されない。正室寔子の代参で、公務としての参拝である。用が済めば、城へ戻らなくてはならなかった。

とはいえ、九つ（正午）になれば昼食を摂る。

大奥は正室（御台所《みだいどころ》）を中心にして動いていた。そこには厳然とした職制があり、身分の違いがあった。御目見《おめみえ》とそれ以下という違いだけではない。その職制の中でも上位となる上臈《じょうろう》御年寄、御年寄、中年寄、御客会釈《おきやくあしらい》、御中臈までは一生奉公で、親の生死に関わる病の折など、重大な時でなければ宿下がりはできなかった。

権力はあっても、窮屈な暮らしをしていた。

そこで有力大名は、御年寄の代参では、限られた時間であってももてなしを行った。御年寄との関係を密にしておきたいからだ。

御三家筆頭の尾張藩主宗睦は、滝川と親交を深めようとしていた。今回の代参では参拝の後、料理屋で馳走を振る舞いその後は評判の芝居を見せる。伝通院への代参で城を出ている身だから、時間のゆとりはない。手際よく動いて楽しませなくてはいけない。

正紀はその接待の役目を命じられたのである。

「尾張徳川家一門にとって、今後大奥とどう関わることになるか。その方の半日の働きで大きく左右されるぞ」

尾張藩の付家老《つけがろう》をしている兄の睦群《むつむら》に脅された。大袈裟《おおげさ》な物言いにも聞こえるが、的外れな発言とはいえない。

御年寄は老女と称し、お局《つぼね》とも言われた。大奥の一切を取り仕切る。御年寄の上には上臈御年寄という役職があるが、御台所の話し相手のようなもので実質的な権限はない。中年寄は御年寄の指図《さしず》を受けて下位の者を使う。御客会釈は、御年寄の古手で、すでに権勢欲や物欲の薄れた老婆がなる。御年寄は、実質的な大奥の権力者といってよかった。

そしてこの地位になると、表の政《まつりごと》にも口出しをした。ときには幕閣の権力者である老中の就任にも、影響力を持った。このとき権力を持っていた大奥御年寄は四人いた。大崎《おおさき》、高橋《たかはし》、高岳《たかおか》、滝川といった面々である。

御年寄と呼ばれても、老婆ではない。家柄と手腕のよさで、女の世界をのし上がった者たちだ。

白河《しらかわ》藩主の松平定信《まつだいらさだのぶ》が老中に就任するときも、御年寄の暗躍があったと正紀は聞いている。大崎と高橋は、定信擁立派だった。高岳と滝川は反定信派で、大奥内の権力抗争が定信の老中就任に大きな影響を及ぼした。

宗睦は当初、水戸《みと》藩主の徳川治保《はるもり》と共に定信擁立の動きをした。滝川とは対立する立場にいたのである。しかし尊号の一件や棄捐《きえん》の令など定信の政策に見切りをつけた宗睦は、井上正国《まさくに》の奏者番《そうじゃばん》辞任を皮切りにして、反定信の姿勢を明確にした。

そうなると当然、大奥との接し方も変わってくる。狡猾な政治家でもある宗睦は、滝川に近付いた。滝川にしても、御三家筆頭の尾張徳川家を味方につけることには意味があった。

宗睦は今回の伝通院代参の場で、滝川へのもてなしを図った。その接待役を、一門の正紀に命じたのである。滝川を、機嫌よく城へ帰さなくてはならない。

「うまくやって気に入られたら、大奥と繋がりができる。高岡《たかおか》藩にとっても、この先何かと都合がよいぞ」

とも睦群に言われた。

正紀は、美濃今尾《みのいまお》藩三万石の竹腰《たけのこし》家の元当主勝起《かつおき》の次男として生まれた。竹腰家は尾張徳川家の付家老を務める家で、後を継いだ兄の睦群はその役目に就いている。

正紀は下総《しもうさ》高岡藩一万石の井上家へ婿に入った。

実父の勝起はすでに亡《な》いが、尾張徳川家の現当主宗睦の実弟である。そして高岡藩主正国は、宗睦と勝起の弟だった。叔父が婿に入った井上家に、正紀も婿に入ったのである。

高岡藩はたかだか一万石の小藩だが、正国、正紀と二代にわたって尾張徳川家の血を引く者が入ったので、一門の中では格別の存在になった。

正紀が接待役に選ばれたのには、そういう事情がある。正紀は逼迫《ひっぱく》する藩財政を立て直すために、利根《とね》川の高岡河岸《かし》を水上輸送の拠点にしようと尽力している。今はその結果が、徐々に出始めているところだった。

宗睦はその技量を踏まえて、滝川をもてなす任に就けようとしたのである。

「ははっ。ありがたく」

正紀は深々と頭を下げたが、喜んだわけではなかった。宗睦の厚意も、働きを認められたことも嬉しい。しかし正紀にとってはこれまでしてきた仕事とはまったく質の違う、新しい重要な役目だった。

女子《おなご》の機嫌取りなど、もっとも苦手だ。今は慣れて接し方も分かってきたが、二つ歳上の妻女京《きょう》の相手をするときは腹の立つことも多かった。

「滝川というご仁はな、人を値踏みし、取るに足らぬ者と断ずると見下す。無愛想で頑固だが、諸相を見る目は、そのへんの大名ではかなわない。策士でもある。いつも不機嫌そうにしていてな、下の者にとっては、傲慢で扱いにくい相手だ」

とんでもなく厄介《やっかい》な人物だと伝えられて、正紀は頭を抱えた。

境内にこだましていた読経の声が止んだ。参拝が済んだことになる。滝川は少しばかり住職と言葉を交わしてから、供の侍女一名を連れて庫裏《くり》の玄関に姿を現す段取りとなっていた。

正紀は、御忍び駕籠《かご》二丁と若干の配下と共に、滝川が現れるのを待った。移動には、尾張藩からも警固《けいご》の侍が数名、目立たぬようについてくる。万に一つも、滝川に危害が加えられるようなことがあってはならない。

滝川が姿を現した。中年とはいえ、色白でふくよか、鼻筋が通っていて冷ややかな印象が強かったが、美形だった。代参ということもあって、地味な打掛《うちかけ》を身につけている。鬢《びん》付け油と化粧の香が、鼻をかすめた。

正面を見て堂々としている。正紀は怯《ひる》みそうになる気持ちを抑えて頭を下げ、名乗った。

「うむ」
滝川は一瞥《いちべつ》を寄こし、小さく頷《うなず》き返しただけで御忍び駕籠に乗り込んだ。城から伝通院への往復では、惣黒漆《そうくろうるし》に定紋《じょうもん》の金蒔絵《きんまきえ》を散らしたものを使ったが、ここでは腰黒《こしぐろ》の目立たない駕籠だ。日覆いも黒羅紗《くろらしゃ》となっている。侍女も腰黒駕籠に乗り込むと、すぐに出立《しゅったつ》となった。

戻ってくる刻限は定まっている。手間取ることは許されないが、初対面の挨拶《あいさつ》は思いのほかあっけなかった。

駕籠は鉄砲洲《てっぽうず》に向かう。海辺《うみべ》の料理屋で昼食となる。江戸前の新鮮な魚を食べさせるということで、評判になっている店だ。正紀は事前に敷地の中を検《あらた》めたが、手入れの行き届いた見事な建物と庭だった。

「さぞかし高いのでしょうね」

家臣《かしん》の植村仁助《うえむらにすけ》は、ため息を吐いた。

ここでの費用と観劇の代金は、尾張藩が出す。こういう費《つい》えについては、宗睦は出し惜しみをしない。

滝川は、離れの一室に入った。正紀らは、その建物を目立たぬように囲む。警固の者からは見えないが、贅を尽くした料理が運ばれたはずだった。半刻（一時間）あまりで食事が済むと、再び駕籠に乗せる。

次に向かった先は、木挽町《こびきちょう》の森田座《もりたざ》だった。

滝川は大の芝居好きで、代参などで城から出たときには、時間をやりくりして芝居見物をするのだとか。一幕だけですべては見られないが、厳選した場面を見せる。したがって小屋から遠い料理屋は、どれほどうまいものを食べさせようと敬遠された。

小屋はそれなりに賑わっている。棄捐の令があって、明らかに金回りは悪くなっていたが、ここは別世界のようだった。役者の幟《のぼり》が何本も立てられ、大きな看板絵が掲げられていた。

「こちらへ」

駕籠から降ろした滝川と侍女を、場内に導き入れる。すでに手当てをしていた桟敷《さじき》席に入れた。人気の演目だったから、場内は混んでいた。芝居の興奮が、周辺の客たちから伝わってきた。正紀も、ここでは同じ桟敷に入った。

何かあれば、身をもって守らなくてはならない。しかし滝川に気持ちを向ける者は、正紀が見る限りいなかった。

木が入って（拍子木が打たれること）、幕が開かれた。演目は『伊達娘恋緋鹿子《だてむすめこいのひがのこ》（八百屋お七《しち》）』である。滝川は固唾《かたず》を呑んで、演技に見とれた。先ほど目にした、つんとした様子とはまるで違う。

正紀はそれにつられて、舞台に目をやった。芝居など初めてだが、いつの間にか心惹かれた。

吉三郎《きちさぶろう》の危機を救うためにお七が火《ひ》の見櫓《みやぐら》に登って半鐘《はんしよう》を打つ場面では、涙が出そうになった。熱演といっていい。

他の観客も洟《はな》を啜《すす》っている。

滝川に目をやると、目尻の涙を袖で拭くのが見えた。他の客と同じ反応をしていたので驚いた。

幕が閉じると、万雷《ばんらい》の拍手が起こった。

「半鐘の場面は、胸が痛くなりました」

正紀はつい、滝川に声をかけてしまった。芝居の感動を、誰かに伝えたかった。

滝川は「何だ」という顔で見返し、返事はなかった。正紀は余計なことを口にしたと感じて、気持ちを引き締めた。

もっと見ていたそうな滝川に声をかけ、小屋を出た。すると小屋の前が騒然としていた。怒声《どせい》が上がっている。逃げ惑う老人や女の姿が目についた。

事情は知れないが、破落戸《ごろつき》同士の喧嘩《けんか》騒ぎになっていた。抜き身の匕首《あいくち》や棍棒《こんぼう》を手にした者もいる。

御忍び駕籠に乗るには、その騒ぎの中を通らなくてはならなかった。人込みを避けるとなると、遠回りをしなくてはならない。

「どういたしましょう」

家臣の青山太平《あおやまたへい》は、顔色を変えていた。騒ぎが収まるのを待ってはいられない。

「そうだな」

正紀は周囲に目をやった。すると騒ぎからやや離れたところで、客待ちをしている辻駕籠が二丁あるのに気がついた。

「よし。あれで行こう。その方らは、盾になれ」

「はっ」

何をおいても、滝川と侍女を伝通院まで連れ戻さなくてはならなかった。尾張藩の藩士は御忍び駕籠の傍にいて、駆けつけることができない。

「こちらへ」

手招きをすると、滝川は頷いた。怖れている様子はなく、落ち着いて見えた。それで正紀は、少しほっとした。

辻駕籠に近づく。騒ぎから逃げようとする者もいて、移動の邪魔《じゃま》になった。青山や植村が盾になるが、それだけでは間に合わないこともある。

「あっ」

一瞬のことだった。飛び出してきた娘が、滝川にぶつかった。悪意があったのではなく、娘も逃げるのに必死だったようだ。

滝川の体がぐらついた。正紀はとっさに、その体を抱いた。わずかな間である。

「ご無礼を仕《つかまつ》った」

すぐに手を離した正紀は、滝川に頭を下げた。そして辻駕籠に近づくように促した。

滝川はそれに従い、辻駕籠に乗り込んだ。

「小石川伝通院へやってくれ」

「へい」

滝川と侍女を乗せた二丁の辻駕籠は、垂《たれ》を降ろしてその場から走り始めた。残った御忍び駕籠は、尾張藩士に任せる。

正紀と青山、植村は辻駕籠に従った。

「えいほ、えいほ」

乗るまでは手間取ったが、辻駕籠は刻限までに伝通院に戻ることができた。

「不行き届きで、お疲れ様でございました。辻駕籠は、窮屈だったでございましょう」

正紀は詫びた。異例の芝居見物となった。

滝川はねぎらいもしなかったが、文句も言わなかった。何事もなかったような顔で、駕籠を乗り換え江戸城大奥へ引き上げていった。

事の次第は、尾張藩上屋敷に伝えた。

二

江戸城一橋《ひとつばし》御門を出た北側一帯は、駿河台《するがだい》と呼ばれる高台で、武家地が広がっている。城に近いこともあって、大名家上屋敷や大身旗本の屋敷が並んでいた。歩いていると道幅も広くて、手入れの行き届いた豪壮な長屋門が次々に現れる。土塀の向こうに見える樹木も多くて、閑静な一帯だ。人通りは少ない。色鮮やかな紅葉が、微風に乗り舞い落ちてくる。

下城してきた三宅藤兵衛《みやけとうべえ》は、自分の屋敷の前で立ち止まった。敷地は七百坪あって、片番所付きの長屋門になっている。

三宅はその長屋門を見上げて、「ふう」とため息を吐いた。三宅は裏神保《うらじんぼう》小路にあるこの拝領屋敷で生まれ、四十一歳になる今までこの屋敷で過ごしてきた。建ち並ぶ屋敷の中では敷地は狭い方だが、駿河台という土地と屋敷には愛着があった。

しかしこの屋敷を、近々手放さなくてはならない。どんな理由であれ、それを思うと、気持ちが塞《ふさ》いだ。

供の中間《ちゅうげん》が声をかけると、門が開かれた。

帰宅が伝えられ、妻女と跡取りの十六歳になる藤太郎《とうたろう》が、玄関式台まで迎えに出た。

「お体の具合は、いかがでございますか」

藤太郎が、不安げに問いかけてきた。

「大丈夫だ。案ずることはない」

三宅は胃痛持ちで、若い頃から病弱だった。普通なら無役にされても仕方がないところだが、御幕《おまく》奉行という役に就いていた。三宅家の家禄は五百五十石だが、四百俵高の役職である。家禄よりも下の役職だから持高勤めで、御役扶持十人扶持がつくだけだ。しかし役に就いていることは、三宅家にとって大事なことだった。

御幕奉行は、戦時の陣幕、平時の御幕を保管調達する役職である。戦のないこの時代では、閑職といっていい役職だ。ただ病弱な三宅には、都合のいい役職といってよかった。警固や訓練のある番方では、その激務に耐えられない。

三宅に万一のことがあってお役を召し上げられれば、三宅家の家計は破綻する。長年の薬礼で、家計は逼迫していた。金貸しから金を借りて、それでどうにか凌いでいたのである。

仮に無役になれば、小普請《こぶしん》金を収める立場になる。三宅家の家禄だと年に十両以上払わなければならない。

利息の返済だけで汲々《きゅうきゅう》としている状態では、そんな金はどこからも出ない。

病弱な三宅が、閑職とはいえ役職に就いていられるのは、三宅家が尾張徳川家一門の旗本だからだ。

三宅家は、尾張藩初代義直《よしなお》の側近の次男が婿に入った家である。またこれまで男子《おのこ》が生まれないときは、尾張藩重臣の次三男が婿に入った。一門の中で、深い繋がりを持って今日までやってきた。

境遇には感謝をしている。ただ跡取りの藤太郎を見ると、気持ちが揺らぐ。十六歳になり、父とは似ず、剣術も学問も人並み以上になった。代替わりをすれば役に就くが、それは閑職の御幕奉行となる。

出世の見込みはなかった。

尾張徳川家一門だからこそ、これまでそれで守られてきた。藤太郎の出世を父として望むが、代替わりするからといって宗睦に願い出ることはできない。一門には、これまで尾張藩の役に立ちながらも、閑職に甘んじてきた旗本は少なからずいた。

そして今は、藤太郎の出世どころの話ではなかった。金貸しから借りた金子百三十五両の返済期日が迫っていた。十二月末日だ。借りた八十両の金子が、歳月を経て利息を重ね今の金額になったのである。

他から借りて急場を凌ぎたいが、棄捐の令の余波で金の動きが悪くなり、どこからも借りられなくなった。尾張藩にも相談をしたが、助けてもらうことはできなかった。財政が豊かな旗本家などめったにない。一門だからと宗家が援助をしていたら、切りがないことになる。

三宅が腰の刀を妻女に預けると、藤太郎が言った。

「野崎専八郎《のざきせんぱちろう》様と、太物《ふともの》商いの奥州屋《おうしゅうや》十郎兵衛《じゅうろべえ》なる者がお待ちでございます」

「そうであったな」

奥州屋は知らないが、家禄五百石で御小姓衆を務める野崎が訪ねて来ることは、前から分かっていた。

「お待たせ申した」

三宅は客間に入って、野崎らに声をかけた。野崎の歳は三宅とほぼ同じくらいで、奥州屋は五つ六つ歳上に見えた。奥州屋は、野崎の斜め後ろに座っている。

「立派な屋敷でございますな。しかも駿河台という武家地としては一等地にある」

「いやいや」

野崎に言われても、褒められた気にはならなかった。野崎は、三宅にとって嬉しい用事でやって来たわけではないからだ。

三宅は返済の危機を乗り切るために、拝領屋敷の『相対替《あいたいがえ》』を検討していた。

大名であれ旗本であれ御家人であれ、直参は将軍家から拝領屋敷を与えられている。その広さは、石高や役高で決まる。しかし場所については与えられるままで、城に近い便利な場所であろうと遠い鄙《ひな》びた土地であろうと、そのまま受け入れなくてはならなかった。

そして拝領屋敷(地)について直参に与えられたのは、使用権であって所有権ではなかった。地代を納める必要はないが、勝手に売買はできない。

ただ現実問題として、地価は場所によって大きな違いがあった。そして売買はできないが、武家同士での交換は認められていた。江戸城に近い便利な地と不便な場末の土地でも、また広さが違っても、統括する普請奉行に届けるだけでできた。これを『相対替』といった。

けれども便利な地と不便な地では、誰も交換はしない。そこで便利な地を得る方は、「引料《ひきりよう》（移転料）」という名目で相応の金銭を付けて屋敷の交換をした。借金に苦しむ一等地に屋敷を持つ旗本が、辺鄙《へんぴ》な土地に屋敷を持つ金のある旗本と取引をし、金銭を得ることができた。

三宅は、これを利用しようとしたのである。野崎の屋敷は、本所《ほんじょ》も北の外れ、大横川《おおよこがわ》と北割下水《きたわりげすい》が交わるあたりにあった。

挨拶を済ませると、早速相対替の話になった。

「此度《こたび》の相対替でござるが、当家が二百五十両の引料をお渡しするということでよろしかろうか」

野崎は言った。思いがけない金高だった。もう少し値切られるかと予想していたから、三宅には満足のゆく額だった。

しかし棄捐の令後の金詰まりで、野崎はそれほどの金子を持っているのかと気になった。御小姓衆は将軍に近侍する花形の部署だが、有り余るほどの金があるとは思えない。後になって待ってくれとか、払えなくなったでは、三宅にとって相対替の意味がなくなる。

その疑念が顔に出たのかもしれない、野崎は付け足すように続けた。

「お支払いをいたす引料についてだが、当家だけではちと心もとない。そこでここにいる奥州屋十郎兵衛が、肩代わりをいたす。これならば、万全でござろう」

奥州屋は、京橋北紺屋町《きようばしきたこんやちよう》に店を持つ老舗《しにせ》の太物問屋だという。十郎兵衛は、ここで恭《うやうや》しく頭を下げた。三宅を安堵《あんど》させるために連れてきたのだと察した。

返事は、店を確かめてからでよいとも言った。

「それならば」

不満はなかった。二百五十両の引料が手に入れば、借金を返すだけでなく、空いている敷地の中にしもた屋を建てて貸し、家賃を得ることもできる。思惑通りの展開だった。

駿河台では、町人への貸家や貸地は憚《はばか》られた。

「そこでだが、一つお考えいただきたいことがござる」

野崎は、軽い口ぶりだった。

「はて、何でござろうか」

「もう一家、屋敷を替えたい者を加えさせていただきたい。青山《あおやま》に屋敷を持つ、大島《おおしま》雲平《うんぺい》殿という旗本でござる」

三人で交換する『三方相対替《さんぽうあいたいがえ》』にしたいと告げていた。

屋敷を替えたい幕臣は、それぞれ事情を抱えている。我も我もというほどではないが、相対替を望む者はそれなりにあった。それらを、手数料を得て取りまとめる者がいた。三宅はそこに声掛けをしていて、野崎を紹介されたのである。

「大島家は家禄四百七十俵の小普請組の旗本でな、屋敷は参拝客の多い梅窓院観音《ばいそういんかんのん》の目と鼻の先にござる」

小普請組ということは、御目見であろうと無役である。家禄四百七十俵ならば、知行地を持たない蔵米取りで札差《ふださし》を通して禄米を受け取る。貸し渋る札差が相手では、大島家の内証《ないしょう》は苦しいだろうと、話を聞かなくても察しはついた。

「屋敷は表通りにありましてな。貸家や借地にもなりまする。そこへ三宅殿がお入りいただきたい」

「大島殿が、本所へ参られるわけですな」

「さよう。大島殿は、本所に屋敷を持つ小普請支配の配下にござってな、そちらの近くへ移りたいらしい」

公儀の役職に欠員ができたとき、小普請支配は、配下の無役の旗本や御家人を斡旋《あっせん》する。近くにいれば、猟官《りょうかん》運動をしやすいという利点があるらしかった。

屋敷替《やしきがえ》をするとはいっても、必ずしも替える者同士の条件が合うとは限らない。

「そこでは嫌だ」という者も現れる。そこで三方、四方となることは珍しくなかった。

青山の土地が意に適えば、受け入れてもいい。

「では近いうちに、青山にある大島殿の屋敷を見に参りましょうぞ」

「承知した」

三宅は応じた。本所の野崎屋敷については、近く見に行くつもりだった。大島屋敷に入るのならば、そちらを検めておかなくてはならない。気に入らなければ断ればいいだけの話である。

数日後の勤番のない日、三宅は用人を伴って、青山の大島屋敷へ赴いた。もちろん野崎も同道した。

「あれが梅窓院の伽藍《がらん》でござる」

野崎が指さした。広大な敷地で、堂々とした山門が聳《そび》えている。美濃郡上《みのぐじょう》藩青山家の菩提寺だが、浄土《じょうど》宗の寺として多数の檀家を持ち参拝客は多いと聞いていた。

「少なからず、人通りがありますな」

周辺には長谷寺《ちょうこくじ》や善光寺《ぜんこうじ》といった大寺があり、門前町が控えている。百人町《ひゃくにんちょう》も近いから、武家の往来もあった。神田《かんだ》や日本橋《にほんばし》などのようなわけにはいかないが、それなりの商家も並んでいる。

町人のための、貸家らしいしもた屋も目についた。

大島は門扉《もんぴ》を開けたままにして、三宅らの到着を待っていた。広さは駿河台の屋敷よりもやや広い程度だ。客が来ると分かっているからか、掃除は行き届いていた。

建物はまずまずのものだ。金のかかる修繕などしなくて済みそうなのは、都合がいい。聞いていた通り、表通りに面しているから、借地や借家に向いている。庭もそれなりに手入れがなされていた。

「ここは、借地や借家にはしなかったのでござるか」

気になったので、大島に尋ねた。誰かに貸せば、家計の足しになるはずだった。敷地の一部を借地や借家にしている屋敷を、近所で見かけた。

「いやあ」

大島は困ったような顔をした。資金がないならば、建物は建てずに借地として貸せばいいと思うが、人にはそれぞれ事情があるから、問い詰めることはしなかった。

「ここならば、借地で貸すのがよさそうだな」

と三宅は考えた。建物の出費がなければ、借金を返した後の金子が、丸々手元に残る。

「つかぬことを伺うが、野崎殿と大島殿の間では、引料は生まれないのであろうか」

本所の野崎屋敷と、釣り合うのかどうかを尋ねたのだ。

「ござらぬ」

野崎が答え、大島が頷いた。二人が得心をしているならば、問題はなかった。

「近所でも、屋敷の評判を訊きましょうぞ」

屋敷内を見て回ってから、野崎が言った。

「それは大事ですな」

三宅は野崎に連れられて、近くの久保《くぼ》町へ行った。梅窓院の門前町である。古びた建物の茶店に入った。

「そこの大島屋敷の評判はどうか」

野崎が茶を注文してから、おかみらしい中年の女に声掛けをした。

「あそこの殿様は、穏やかな方ですよ」

おかみはそう答えた。もう一軒、並びの青物屋の親仁にも尋ねた。茶店のおかみと、同じような返事だった。

「いかがでござるか」

野崎が言った。

「悪くはなさそうですな」

まだ決めるつもりはないが、気持ちは動いていた。返事には、数日の猶予を貰うことにした。

第一章　大潮と高潮

一

高岡藩井上家の当主正国と正室和《かず》、そして正紀と奥方の京は、屋敷の仏間で朝の読経を行う。先祖を敬い、藩と井上家の安寧《あんねい》を祈願するのである。

読経が済むと、侍女が正紀と京との間に生まれた孝《こう》姫を連れてくる。

「おお、よしよし」

和が抱き取ろうとするが、孝姫はじっとしていない。つかまり立ちはできるが、歩くのは数歩。そこで転んで「わあ」と泣く。母がよくて、京に抱かれたがる。しかしすぐに関心がよそに移って、そちらへ向かおうとする。

読経後の朝の一時《ひととき》は、穏やかな時間だったが、今は賑やかになった。

「孝姫も来月になれば、生まれて一年が過ぎたことになる」

「はい、まことに早いものでございます」

「その折には、誕生餅を搗《つ》かねばなるまい」

井上家では、和も京も婿を取った。男児には恵まれないが、それだけに性別を越えて子どもを大事にする。父の正紀が餅を搗いて、藩士たちに振る舞うのである。糯米《もちごめ》は贅沢品《ぜいたく》だが、こういうときは惜しまない。藩の繁栄を祈願する思いもあるからだ。

「楽しみでございますね」

和の言葉に京が返した。

天明《てんめい》の飢饉《ききん》をどうにか乗り切って一息ついたが、松平定信の棄捐の令で貸し渋りが起こり、一気に金詰まりとなった。高岡藩では高岡河岸を活性化させることで運上《うんじよう》金や冥加《みようが》金を得る手立てを講じたが、それで逼迫した藩財政がすぐに好転したわけではなかった。

藩士からの貸し米は、まだ続いている。年貢米は限られているから、高岡河岸からの実入りは馬鹿にならないが、充分な利を得るにはしばらく時がかかりそうだった。

誕生餅は、藩のささやかな贅沢といってよかった。

「それにしても、芝居見物とは、羨《うらや》ましいですね。私もぜひ、見たいものです」

和は話題を変えた。正紀が滝川の接待をしたのは、三日前だ。その翌朝の読経の折に、和に接待の話をした。それから「私も行きたい」が始まった。連れて行け、という目だが、藩にそんな金はないのは、和も分かっているはずだった。

「行けるようになったら、いいですね」

京がなだめるように言う。そういう京も、芝居の話には関心を持った。『伊達娘恋緋鹿子』のあらすじを知っていたのは驚いた。滝川も京も、もちろん和も、そのような世界には関心がないかと思ったが違った。

女心は分からない。

「お稼ぎなさい」

和は、分かりやすいことを口にした。その通りなのだが、なかなか難しい。

「高岡河岸を盛り立てるのは結構ですが、他にも利を得られる手立てがあるならば、それもお考えに入れなければなりますまい」

京にも、発破《はっぱ》をかけられた。滝川の芝居見物で、正紀は少しばかりとばっちりを受けた。

「いかにもいかにも」

井上家の女は、婿遣いが荒い。こういうとき正国は、いい加減な相槌《あいづち》を打つだけで、後は知らんふりをしている。

正紀も藩財政を潤したい気持ちは大きい。芝居見物はともかく、藩士からの貸し米は、なくしたいと思っていた。しかし河岸場《かしば》の拡充以外には、妙案が浮かばない。

ひとしきり朝の語らいが終わった後、正紀は、正国から尾張藩上屋敷へ出向くように命じられた。宗睦からの呼び出しだ。

「滝川様のことで、お叱りを受けるのでしょうか」

木挽町から、辻駕籠で送り返した。事情はあっても、あれはまずかったと今になれば思う。

市《いち》ヶ谷《や》御門外にある尾張藩上屋敷は、まるで城のように豪壮だ。訪問する武家も少なくない。門番も正紀の顔を覚えているから、声をかけるだけで門扉が開かれる。

供侍の植村を連れ、正紀は屋敷内に入った。

玄関式台を上がって、幅広の廊下を歩いて行く。磨き抜かれた廊下は、顔が映るほどだ。

廊下ですれ違う藩士や一門の者は、おおむね顔が分かる。しかし来客は別だ。大名や旗本、そしてそれらの陪臣も姿を見せるから、知らない顔も見かけた。

向こうからやって来たのは、四十歳前後の恰幅《かっぷく》のいい侍だ。偉そうな態度は取らないが、怯んでもいない。堂々としているように見えた。正紀に気付くと、廊下の横に寄って黙礼をし、そのまま行ってしまった。

「あのご仁は、どなたか」

正紀は気になったので、通りかかった茶坊主に問いかけた。来客の接待をする坊主だ。

「白河藩御用人、河鍋丹右衛門《かわなべたんえもん》様でございます」

「ほう。定信様の使いか」

少し意外だった。尾張徳川家と定信は、相反する立場にいる。場違いだと感じたわけだが、考えてみれば尾張藩と定信が、表立って争いをしているわけではなかった。白河藩の用人は、家老に次ぐ地位だ。藩の重臣が尾張屋敷を訪ねたところで、それ自体不思議なこととはいえない。

宗睦との面会は四半刻（三十分）ほど待たされたが、それはいつものことだった。他に同席したのは、兄の睦群である。

「棄捐の令の弊害は、まだしばらく続くようだな」

宗睦が苦々しい顔で言った。直参を救うつもりでなした定信の政策だが、功を奏していない。直参を苦しめるだけでなく、市場の金回りを悪くした。

「定信様は、今の世相をどうご覧になっているのでしょうか」

「さあ。仮にしくじりだと感じても、それを口にすることはなかろう。意地っ張りな頑固者だ」

宗睦は、正国が早々に幕閣の要職である奏者番を辞したのは、正しかったと付け足した。

「松平信明《のぶあきら》様は、どのように」

棄捐の令の直後、正紀は札差の建物が並ぶ蔵前《くらまえ》通りでばったり会った。そのとき信明は、棄捐の令の不備を認めながらも、しばらくは定信についてゆくと言った。

「あれは、曲者《くせもの》だ」

宗睦はさらりと言ったが、それ以上は触れなかった。そして先日の滝川の芝居見物の話になった。滝川がどう思っていたかは、知りたいところだ。

「滝川殿は、満足をいたしたようだ」

「はあ」

芝居に満足したのか、正紀の対応に満足をしたのかは口にしなかった。何であれ苦情がないのならば、それでよしとすべきだった。

「そこでだ」

宗睦は、表情を柔らかくした。正紀は、次の言葉を待った。

「滝川殿とは、親交を深めておきたい。あの方の発言力は、大きいからな」

「ははっ」

それは分かっている。

「定信は怜悧《れいり》だが、朴念仁《ぼくねんじん》で融通が利かぬと、滝川殿は考えている」

「なるほど」

きつい評だが、間違ってはいないと感じた。

「その方《ほう》とは、ずいぶんと違う」

いきなり自分と比べられるのは面食らった。返事ができずにいると、宗睦は続けた。

「どうやら滝川殿は、その方を気に入ったようだ」

「はあっ」

一瞬からかわれたのかと思った。気に入られる要素はない。芝居小屋から伝通院へ戻るにあたっても、悶着《もんちゃく》があった。滝川は表情を変えなかった。まともな言葉かけもないまま、正紀の前から去って行った。

宗睦に、そのことを伝えた。

「あのご仁は、そういう人だ。かまわぬ」

あっさりと返された。そして宗睦は軽く咳払いをした後、話を続けた。

「大奥勤めの者たちも、それなりの禄を得ておる。しかしその禄高は低い。御年寄でも、五十石、合力金六十両、十人扶持《ぶち》だ」

「少ないですね」

公費で賄《まかな》われる部分が多いにしても、権力の大きさから考えれば正紀には驚きだった。

「そこでだ。これを補うために、『拝領町屋敷』が下賜《かし》されている」

「ほう」

幕臣は禄高に応じて拝領屋敷を割り当てられたが、それとは別に町人地の中にある土地を与えられた者がいた。これが拝領町屋敷である。主に家禄の少ない御家人を対象にした、助成の策といえた。町人に貸して、地代や店賃を得ることを目的として与えられたものだ。これで家禄の少なさを補え、という意図があった。

御年寄の禄高を嵩上《かさあ》げする目的ならば、正紀にも理解できた。

「しかしな、滝川殿が与えられた町屋敷は、辺鄙な目黒《めぐろ》の地であった。しかしそれでは不憫《ふびん》なので、担当の普請奉行に働きかけて、芝二葉《ふたば》町へ交換するようにした」

芝二葉町は汐留《しおどめ》川の南河岸にあり、幸橋《さいわいばし》御門にも近かった。大店《おおだな》老舗が並んで、荷を運ぶ船が常に行き来をしていた。人通りも多く、賑やかな土地だ。人の便、船の便が共にそろっている。

「では家賃や地代も、大幅に増えたのではありませぬか」

羨ましい気持ちで言った。

「そうだが、ちと面倒なことになっておる」

当初はそれなりの実入りを得られたが、再三にわたって嫌がらせが入り、借りる者がいなくなった。借りる者がいなければ一文も得られない。

滝川には面白くない話だろう。

「何とかなりませぬか」

と宗睦に頼み込んだ。定信の老中就任で袂《たもと》を分かったが、宗睦に話を持ってきたのは、尾張徳川家一門とよりを戻す条件の一つという意味もあると受け取れた。

「この手当てをいたせ」

これが宗睦の命令だった。

さらに、今ある空き家を誰かに貸し、前以上の利益を得よという課題も出された。

「前は、どの程度の家賃を得ていたのでしょうか」

「年に百両ほどだと聞いた」

芝二葉町は町人地として一等地だから本来はもっと高いが、嫌がらせで下げざるを得なくなった。それも滝川は気に入らなかったが、今はまったく利益を生んでいない。

「……………」

いきなり拝領町屋敷をどうにかしろと告げられても、あまりに唐突過ぎる。すぐには頭が回らなかった。

「しかしな、ただ働きをさせようというのではないぞ。仮に前以上の利益を得られたら、その増えた利益の半分を、毎年与えるというものだ」

土地と建物を使って、新たな商いを始めてもいいと付け足した。立地は申し分ない。

「それは」

悪い話ではなかった。これは、誰にやらせてもいい仕事といえた。それを正紀に与えたのは、高岡河岸の実績があるからだが、それだけではない。宗睦の厚意もあると悟った。

嫌という返事はない。

「承《うけたまわ》りました」

ここでそれまで黙ってやり取りを聞いていた睦群が、言葉を挟んだ。

「これを機に滝川殿と近づきになれたら、高岡藩及び正紀には、大きな後ろ盾となるぞ」

「まことに。ありがたいご高配と存じます」

正紀は、宗睦に礼を言った。滝川の拝領町屋敷で利益を得られるのは、高岡藩にとって大きい。新たな収入となる。

朝、京や和に告げられたばかりだった。

これで用は終わりかと思ったが、もう一つあった。

宗睦は滝川の話が済むと引き上げたが、睦群から話を伝えられた。

「一門の旗本で、三宅藤兵衛なる者を存じておるか」

「はあ」

御幕奉行を務める者で、駿河台に屋敷がある。胃痛持ちなことも知っていた。一門の行事等で、何度も顔を合わせている。ただいきなり名を告げられて、何事かと思った。

「その三宅の屋敷が、三方相対替をいたすという」

三宅家の家計も逼迫していて、借金の返済期限が迫っているのだそうな。二百五十両の引料を得て、青山の屋敷へ移ることを検討しているとの報告があったのである。

相対替については、正紀も話に聞いたことがある。棄捐の令の後で金を借りられなくなった直参が、屋敷の交換を行って引料を得る。やむを得ぬ仕儀と、残念な思いで聞いた。

それを三宅が行うという。

「あの者は実直だが、病弱で融通が利かない。甘言《かんげん》に乗せられるやもしれぬ」

報告を受けた宗睦は、仕方のない仕儀と受け入れたが、三宅が騙されることを警戒していた。

「何事もなく、相対替が済むようにするわけでございますね」

「そうだ」

財政逼迫から逃れる道は他にないという判断からの、土地交換である。万が一にも三宅が不利になってはならない。それを踏まえた宗睦からの指図だ。一門の身分や資産、家名を守るという姿勢の表れといってよかった。

それがあるから、一門の結束は固まる。宗睦の人心掌握の要になるものだ。三宅が行う三方相対替の概要を聞いた。

「かしこまりました」

この役目も、正紀は嫌ではなかった。高岡藩も、いつなんどき世話になるか分からない。

「これを使え」

宗睦からということで、小判二枚を渡された。

二

尾張藩上屋敷を出た正紀は、植村を伴って芝二葉町へ行った。空は曇天で一雨きそうだが、依頼された滝川の拝領町屋敷は見ておきたかった。

道々歩きながら、正紀は宗睦から命じられた二件について植村に話した。

幸橋御門を左手に見て行き過ぎると、一面に町家が広がる。河岸道に立って、まず目に飛び込んできたのは、たくさんの荷船が行き来する汐留川の川面《かわも》だった。ご府内に荷を運ぶ船や人を運ぶ小舟が、艪《ろ》の音を立てていた。

川の両岸には、納屋《なや》が並んでいる。船着場の一つから、荷運びをする人足《にんそく》の掛け声が聞こえた。

河岸の道も、人や荷車で賑わっている。お城も近いので、武家の姿も少なくない。振り売りが呼び声を上げていた。汐留川に架かる土橋《どばし》の袂には、甘酒や心太《ところてん》を商う屋台店も出ていた。

「あれが滝川様の拝領町屋敷ではないですか」

植村が指さした。百坪くらいの敷地に、二棟の戸を閉ざした店が並んでいる。賑やかな表通りに面して並ぶ店の中で、そこだけぽっかりと穴が開いているような印象だった。

滝川の拝領町屋敷に違いない。

正紀と植村は、傍によって建物を検めた。戸を叩くと音はするが、簡単に外れるような造りにはなっていなかった。

「古家ではなく、しっかりと建てられていますね。今日からでも商いができそうではないですか」

植村が言った。

まずは土地や店を差配している大家のところへ行った。五兵衛《ごへえ》という初老の男だった。住まいは、睦群が紙に書いてくれていた。

「滝川様には、まことに申し訳ないことでございます」

五兵衛は恐縮した。事情を訊いた。

「一月《ひとつき》前までは、煮売り酒屋と蕎麦《そば》屋が商いをしておりました。どちらも船頭や水手《かこ》、荷運び人足や商家の手代などで繁盛していましたが、嫌がらせが続いて客が寄り付かなくなって、店を閉じました」

「どのような嫌がらせか」

「店の者に因縁をつけて暴れたり、店先に糞尿を撒いたり、ひとりの客に数人で乱暴を働くこともありました」

「それでは、客は寄り付かなくなるであろうな」

二つの店の店主は、ここでの商いをあきらめて他へ移った。

「嫌がらせをしたのは、どのような者か」

「界隈の者ではありません」

二人のときもあれば、五、六人のときもあった。いつも現れる者が二、三人で、後はかわるがわる違った者で、浪人者が交じることも。土地の岡っ引きにも助勢を頼んだが、神出鬼没で埒《らち》が明かなかった。

「逃げるための舟を用意していたり、追いかけようとすると邪魔をする者が現れたりと、ずいぶん念入りにやっていました」

「他の店には、やらなかったのか」

「それはありませんでした。滝川様の二軒だけでした。まったく、困ったものです」

五兵衛は肩を落とした。大家としての役目を果たせていない。

組織的な嫌がらせで、誰かが意図をもって、裏で銭を出し指図していると思われる。

空き家になって、嫌がらせはなくなった。

転出した煮売り酒屋の主人が露月町《ろうげつ》で店をやっているというので、訪ねてみることにした。芝口橋《しばぐち》から増上寺《ぞうじょう》へ向かう途中にある町だ。

「えらい目に遭いましたよ」

問いかけると、主人はそう言った。四月《よつき》前までは、そんなことはなかったそうな。嫌がらせが始まったのは、滝川が家主になったあたりからだった。

「誰かに恨まれるようなことは、うちも隣の蕎麦屋もありませんでした」

それなのになぜ、執拗《しつよう》な嫌がらせを受けたのか分からない。店を露月町に移してからは、嫌がらせは一度もないとか。

煮売り酒屋を出たところで、正紀と植村は話をした。

「店や主人に恨みがあるなら、越した先でもやるはずだが、それはない」

「ということは、滝川様への嫌がらせとなりますが」

話を整理すればそうなる。しかし破落戸や商家の主人あたりで、大奥の御年寄に恨みを持つ者などいるとは思えなかった。いるとすれば、相当な大物だ。ただそうなると、見当もつかない。

芝二葉町の近所の店でも話を聞いたが、大家や煮売り酒屋の主人が話したのと同じような言葉が返ってきただけだった。


その後で正紀と植村は、駿河台の三宅屋敷へ向かった。駿河台の武家地に入ると、数千坪の大名屋敷や旗本屋敷も珍しくない。しんとしていて、吹き抜ける風が紅葉を散らしていた。

「どこの長屋門も、手入れと掃除は行き届いていますね」

通りのあちこちに目をやりながら植村が言った。大名は小藩でもこのあたりに屋敷を持つことは珍しくない。旗本の場合は、勢いのある御大身が屋敷を持っていた。

「駿河台や麹町《こうじまち》に屋敷を持つことは、旗本にとっては誉《ほまれ》となる。だから大金を出しても移りたい者がいるのだろうな」

正紀は言った。

屋敷へ行って、門を叩いた。

一門だから、親戚のようなものである。三宅は機嫌よく正紀を招き入れた。病がちの噂どおり、青白い顔をしている。

向かい合って、宗睦から依頼されたことを伝えた。

「面目《めんぼく》ない話だが、致し方ない。宗睦様のご配慮は、身に余ることでござる」

三宅は感謝をした。

すでに睦群から三方相対替のおおよそは聞いていたが、改めて三宅の口から詳細を聞いた。

「三宅家と野崎家、大島家の三つが、取り換えるのに都合がよかったということでございますな」

各家の求めるものが異なり、それを合わせるために、三家どころか四家、五家で相対替をするとの話も聞いたことがあった。三宅家と野崎家だけの相対替にしないのは、大島家の求めるものが、深川《ふかがわ》にあるかららしかった。

三宅は、移り住む青山の大島屋敷の話をした。移った先では、地貸しをしたいと付け足した。

「しかし野崎殿は、二百五十両もの引料をどう作るのでござろうか」

高岡藩では、十分の一の二十五両を作るのにも一苦労だ。野崎専八郎なる旗本については、初めて三宅から聞いただけだ。土地交換が済んだ後で、払えなくなったでは面倒になる。相手は御小姓組で身分のしっかりした者ではあるが、金のことは何があるか分からない。

一度届《とどけ》を出してしまったら、もとに戻すことはできない仕組みだ。それを避けたいから、宗睦は正紀を差し遣わしたのだ。

「それは問題ござらぬ。野崎殿には、大店の商人《あきんど》がついておる」

店の名は言わなかったが、三宅は自信のありそうな口ぶりだった。まだ決定には至っていないが、気持ちは動いている様子だった。

「相対替の届は、充分に得心なされてからがよろしかろう」

正紀は念を押して三宅屋敷を出た。三宅は決めた折には、証書を交わす前に一報を入れると言った。

三

下谷広小路《したやひろこうじ》にある高岡藩上屋敷へ帰った正紀は、宗睦から命じられたことを正国や江戸家老の佐名木源三郎《さなきげんざぶろう》に伝えた。

佐名木は正紀が学んだ神道無念流《しんとうむねん》の先達で、婿に入ったときから様々な力添えを得てきた。出過ぎたときにはたしなめられるが、藩財政の立て直しのためには、なくてはならない人物だった。

「滝川殿がその方を気に入ったのは、確かであろう。そうでなければ、宗睦様は依頼があっても、その方には役目を命じなかったはずだ」

正国は言った。滝川は癖のある、面倒な女子だと言い足した。

「精一杯、やっていただきましょう」

佐名木は聞いた直後、どうなることかという顔をしたが、まずはそう言った。正紀が女子の扱いに慣れていないのは、百も承知だからだ。百姓や商人、利根川でもない、初めての相手だ。

正国は無役になったので、公儀のお役目はない。尾張藩上屋敷に出入りして、宗睦の相談役のようなことはするが、それ以外は藩政に専心できた。その分正紀には、時間があった。

「芝二葉町の嫌がらせについては、次の借り手が現れたときにもあるのかどうか、そこが問題でございますな」

「いかにも。続けば借りた者が憎いのではなく、借り手をなくすことが目当てだとはっきりする」

佐名木の言葉に、正国が応じた。正紀も同じ考えである。

もう一つの三方相対替について、交換をする野崎と大島の人物評を、正国に尋ねた。禄高や役職、屋敷の場所は三宅から聞いたが、詳しいことは分からない。奏者番を務めていた正国ならば、もう少し詳しいことが分かるだろう。

「御小姓組の野崎は、抜け目のない男だと聞いておる。上様のお側近くにいて、気に入られようと、目につきやすい仕事ばかりをやろうとする。ただすることにそつがないのは確からしく、殿様や御重職方の覚えは悪くない」

重職と言われると、気になるのは定信に与《くみ》する者なのかどうかという点だ。正国もそれを感じたらしい。

「わしが御役に就いていたときは、野崎は定信様や信明様に与してはいなかったぞ。辞した後は知らぬが」

大島の方は、無役だから記憶にないと付け加えた。御目見とはいっても、無役の小旗本では、定信も信明も相手にしないだろう。

「野崎殿には、金はあるのでしょうか」

「商人がついているのならば、出せるであろう。ただ商人とどういう関わりがあるのか。そこは分からぬな」

「縁戚であれば別ですが、商人は商いの足しにならぬならば金は出さないでしょうね」

正紀はともあれ、徒士頭《かちがしら》の青山と植村に、大島屋敷と野崎屋敷の価値を調べるように命じた。三宅は新たな屋敷で敷地を貸地にするつもりらしいが、それが可能なのかどうか。またどの程度の利益を得られるのか、といったこともある。

翌日も、朝から曇天で風があった。十月だというのに、吹いてくる風は湿っていて生暖かった。正紀に命じられた青山は、植村と共に大島屋敷のある青山界隈へ足を向けた。

お城の南西で、二人とも足を向けるのは初めてだった。

紅葉の森に囲まれた梅窓院観音の伽藍が、遠くからでも見えた。浅草寺《せんそう》の華やかさや賑わい、東西の本願寺《ほんがん》のような壮麗さはないが、山門を出入りする人の姿はそれなりにあった。高禄には見えないが信心深そうな侍、近隣に住まう職人や百姓といった姿の者が、間を置かず現れる。遠くから来たとおぼしい町人の老夫婦の姿もうかがえた。

山門も意匠が凝らされている。

門前町はそれなりに栄えていた。茶店で一服する老若《ろうにゃく》もいて、のんびりした様子だ。店先の蒸籠《せいろ》から、饅頭《まんじゅう》の甘い匂いのする湯気が上がっていた。日本橋界隈のように忙しなく歩く者はいないが、人通りは絶え間なくある。

「武家地らしい敷地に、しもた屋が建っていますね。店もあります。あれは貸家ではないでしょうか」

植村が言った。

近くの荒物屋の女房に訊いて、大島雲平の屋敷を確かめた。青山と植村は、門前に立って屋敷を検めた。敷地の広さは七百坪ほど。家禄四百七十俵から考えれば、広い方だ。長屋門も多少古いが、修繕の必要があるようには見えない。

「まずまずだな」

「屋敷を取り換える腹があるからか、掃除は行き届いていますね」

門前には、飛ばされてきた枯れ葉くらいしか落ちていなかった。まずは梅窓院の周辺で、借家や借地の事情を訊かなくてはならない。門前町の久保町で、間口二間半（約四・五メートル）の青物屋を商う中年の親仁に尋ねた。

「このあたりは梅窓院やそれなりに知られたお寺があって、人がやって来ます。百人町もあって、お武家様の買い物もあります。借家や借地には向いているのではないでしょうか」

と返された。住人ならば悪くは言わないだろうが、いい加減なことは口にしていないと思われた。

次に町の自身番《じしんばん》へ行った。相対替を考えていると伝えた上で、詰めていた書役《かきやく》や大家に問いかけた。

「このあたりだと、神田や日本橋のようなわけにはいきません。長屋の店賃ですと、広さや古さにもよりますが、月に二百五十文から三百文くらいではないでしょうか」

大家が答えた。書役が頷いている。

三宅は、土地を貸したいという話だった。建物を貸すのではないから、初期費用はかからない。修繕の費用がいるわけでもなかった。

それで地代を得られる。一番堅実な稼ぎになると見込んだのは、正しいと感じた。

「表通りでしたら、間口の広さにもよりますが、年に十両くらいは稼げるのではないですかね」

と大家は続けた。併せて当主の雲平についても尋ねた。

「先代は酒飲みで悶着を起こすこともあったようですが、当代はちゃんとした方です。おかしなところは、ありませんね」

同様のことを、木戸番小屋の番人にも尋ねた。

「大商いは無理ですが、小商いならばこのあたりは店賃も手ごろなので、借りる人は多いですよ。あのあたりはみんなそうです」

梅窓院の山門前の通りに並ぶ小店《こだな》を指差して、番人は言った。

通りに出て、青山と植村は大島屋敷について話した。

「何もしなくても、年に十両の地代が入るならば充分ではないでしょうか」

植村が羨ましそうに言った。

「うむ。表通りに面した大島屋敷ならば、貸すのには都合がよさそうだ」

「駿河台の屋敷を手放すのは惜しいですが、二百五十両の引料を受け取った上で移るのですから、損な交換とはいえませんね」

「そうだな」

青山は植村の言葉に頷いた。

次に二人は、本所へ足を向けた。江戸の南西の外れから、北東の外れに移ることになる。

野崎屋敷は、本所北割下水が大横川に出る近くにあった。このあたりには参拝客で賑わう寺社があるわけではなく、旗本御家人の屋敷が並ぶばかりだった。人通りも極めて少ない。

風で飛ばされた落ち葉が、道を転がってゆくばかり。

「本所もはずれまでくると、ずいぶんと鄙びた趣《おもむき》ですね」

いかにも貧し気な、木戸門の屋敷が並んでいる。四、五百坪の長屋門の屋敷は多くない。木戸門の屋敷は、多くが無役の御家人の屋敷だと思われた。庭を覗くと、花ではなく野菜が育てられていた。

「暮らしの足しにするのでしょうね」

植村が言った。高岡藩の藩邸の空き地でも、藩士が野菜を植えている。少しでも、食の足しにしようと思うからだ。

空は雲が厚くなって、あたりは薄暗くなった。もういつ降ってきてもおかしくない。そういう天候だから、なおさら青山よりも場末といった様子に見えた。

野崎の屋敷の場所については聞いていたが、捜すのに手間取った。人が通らないから、尋ねようがなかった。やっと通った隠居らしい老侍に訊いて、どうにか辿り着いた。

「このあたりでは、一番広い敷地ですね」

大島屋敷よりもやや広い印象だ。長屋門も一段と古びていて、修理は充分ではなかった。掃除も、丁寧とはいえない。

落ち葉が道の隅に積もっていた。

「充分な広さはあるにしても、借地や借家にはなりませんね」

植村が呟《つぶや》いた。

少しして、若侍が通った。野崎屋敷について訊いたが「存じませぬ」とそっけなく言われた。少し離れた屋敷で、門柱の修理をしている中年の侍がいたので声をかけた。

二百坪に満たない屋敷だ。

庭には小松菜と蕪《かぶ》を植えていた。

「野崎か」

侍は、不快そうな顔で言った。しかし話すのが嫌だという気配ではなかった。修理の手を止めた。

「家禄は五百石で御小姓衆を務める身の上だから、それを笠に着ておる。屋敷がこの地であることが不満なようだ」

付き合いはまったくない。会っても挨拶さえしないとか。嫌っているのは明らかだ。

「どこならば、よいのでござろうか」

「もっとお城に近いあたりであろう。さらに、上のお役目を狙っているのではないか」

やっかみもあるに違いないが、まったくの見当はずれを口にしているとは思わなかった。

「屋敷の手入れは、していないようですな」

「まあ、長く住むつもりがないからではござらぬか。その分は、相対替や新たなお役に就くために蓄えているのであろう」

あからさまな言い方だが、屋敷の外見を目にしていると、さもありなんと思えてきた。

ここで雨が、ぽつりぽつりと落ちてきた。侍が修理を止めて屋敷に入ったので、青山と植村も本所から立ち去ることにした。

二人は急ぎ足で歩いた。歩きながら、青山は植村に問いかけた。

「野崎屋敷と大島屋敷だが、その方ならばどちらが良いか」

「それは大島屋敷ではないですか」

即答だった。お城からの距離は同じようなものだった。しかし建物の古さ、周辺の鄙びた様子を考えれば、問題にならないだろうと植村は付け足した。

「拙者も同じだが、この二つの取替に引料はないぞ」

「小普請支配の屋敷に近いという話でしたね。役付きを狙っての転居でしょうが、大島殿の方が、割が合わない気がします」

雨脚が、徐々に強くなってきた。

「風が不気味に生暖かいな」

「はい。時節はずれの野分《のわき》の前触れのようです」

青山の言葉に、植村が返した。

四

正紀は、青山と植村が出かけた後、正国の代理で一件の用事を済ませた。それから芝二葉町へ足を向けた。昨日に続いてだが、もう少し近所で聞き込みをしてみようと考えたからだ。

滝川の拝領町屋敷への執拗な嫌がらせについて、見ていた者は少なからずいたはずだった。それらの者から話を聞いて、やった者を捜し出したい。そこから指図をした者を、割り出せるかもしれない。

供には佐名木源之助《げんのすけ》を従えた。源之助は江戸家老佐名木源三郎の嫡男だ。まだ十七歳だが文武に優れ、高岡藩井上家の次代を担う者として将来を嘱望されていた。

正紀にとっては、神道無念流戸賀崎《とがざき》道場の弟弟子ということにもなる。

「まだ未熟者ゆえ、従えて鍛えていただきたい」

と佐名木から頼まれていた。機敏で察しがいい。巨漢で忠義者、膂力《りょりょく》はあるが機転の利かない植村より、はるかに使える。

曇天で生暖かい風が吹いていた。湿った空気が身体にまとわりついて、雨が今にも降ってきそうだ。

「今日は満月ですが、この空模様では月は見られませんね」

源之助が言った。

汐留河岸へ着く頃、風が強くなりあたりが暗くなった。

「川の水位が高いな」

川面に目をやった正紀は言った。舫《もや》ってある荷船が揺れている。水面が波立っていた。

「今日は満月で、大潮になります。それで水嵩《みずかさ》が増しているのでしょう」

「それならばいいのだが」

徐々に強くなっている風は、野分の前触れに似ていた。万一これに高潮が重なったら、面倒なことになると正紀は考えたのだ。

「おや、あれは」

源之助が船着場の一つを指差して言った。見るとすでに蓑笠《みのかさ》をつけた侍が、商家の番頭らしい者に、積まれている荷や繋がれている船を指差して何か言っていた。荷は決して高く積んではいないが、熱心な口ぶりだった。

北町奉行所の高積《たかづみ》見廻り与力山野辺蔵之助《やまのべくらのすけ》だった。正紀とは同い歳で、戸賀崎道場で剣技を磨いた仲である。今では身分も境遇も違ったが、「おれ」と「おまえ」の付き合いはそのまま続いていた。

正紀と源之助は近づき、山野辺が河岸の道に上がってくるのを待って声をかけた。

「ずいぶん気合が入っているではないか」

「いかにも。風は生暖かく、まるで野分が来る前触れのようではないか」

「そうだ。間違いなく、嵐になるぞ」

正紀も案じていたところだ。源之助も頷いている。山野辺は続けた。

「しかも今は、月の真ん中で大潮のときだ」

「高潮と重なったら、厄介だな。積んである荷が飛ばされたり、流されたりするな」

だから少ない積み荷でも注意をしていたのだ。

「それだけではない。水が土手を越えたら、人家に流れ込む。場合によっては、とんでもない惨事になるぞ」

　山野辺は、役目を越えて被害を案じていた。

　町に目をやると、すでに戸を閉め始めた商家があった。通りにあった荷を、建物の中に入れているところもある。

「艫綱《ともづな》も太いものでしっかり結んでおかないと、船は流される。水位が土手を越えたら、流された船はぶつかり合う。さらに河岸の建物にも突っ込む虞《おそれ》があるぞ」

　脅しではなく、真剣に言っていた。大潮で、すでに水位が上がっているのは間違いがない。山野辺は、できる備えをするようにと告げて回っているのだった。

「嵐の晩に、船に突っ込まれた家はたまりませんね」

　源之助が言った。

「十月にもなっておかしな空模様だが、これは天の配剤だからな。どうにもならぬ」

「こちらが対処をするしかないわけだな」

「そうだ」

　せっかく会ったのだから、できれば滝川の拝領町屋敷について話を聞いてもらいたかったが、それどころではない状況だった。

「ここだけでなく、江戸の海や大川《おおかわ》に面したあたりは、高潮が来てからでは手が付けられぬ」

言い残すと、山野辺は行ってしまった。

「滝川様の建物はどうか」

正紀と源之助は検めることにした。

二棟の建物は、厳重に戸締まりがされている。悪戯《いたずら》をされることを踏まえて、戸や窓には板が打ち付けられていた。源之助が押したりたたいたりしても、びくともしない。

「大丈夫だと思いますが」

「うむ」

源之助は安心しているようだが、正紀は利根川や鬼怒《きぬ》川で、暴れる水の怖ろしさを知っている。大河の氾濫《はんらん》とは規模が違うにしても、万が一にも水が土手を越えたら、人に襲われるどころではない、大きな被害があると察した。

そうこうするうちに、雨も降り出した。

「土手を越えた水は、汚れている。泥水は閉じた戸の隙間から建物の中に入り込む。それが床上まできたら、建物の損害は大きいぞ」

山野辺の対応を、大袈裟《おおげさ》だとは感じない。

「では、どういたしますか」

建物の立地を検めると、やや道から下がっている。道から溢れた水は、そこに流れ込むだろう。土嚢《どのう》を積んで、水の浸入を防ぎたいところだった。しかしここには、何の道具もない。

高岡藩上屋敷では、万一に備えて土嚢の用意をしていた。

「屋敷から運ぼう」

「下谷広小路からですか」

源之助は驚いた。近いとはいえない距離だが、できないことはない。屋敷を守るとは、人災だけでなく天災からも守ることを意味する。役目を任されて、手をこまねいてはいられない。やると決意した。

正紀は、高岡藩上屋敷に向けて走った。源之助には、別の役目を与えた。

正紀が上屋敷に着いたとき、風雨は激しいものになっていた。体はぐっしょりと濡れている。刻限が分からないくらい辺りは真っ暗だった。

「荷車に、土嚢を積め」

積ませている間に、正国と佐名木に事情を伝えた。

「気をつけてかかれ」

正国は言った。正紀とすでに上屋敷に戻っていた青山と植村、それに藩士数名が蓑笠を身につけた。京が命じたという握り飯が運ばれて、一同は腹ごしらえをした。

屋敷にある土嚢は、すべて積んだ。荷車は二台になった。

「行くぞ」

さらに激しくなっている風雨の中を、出立した。夜のように暗い。龕灯《がんどう》で照らした。

道はぬかるんでいて滑る。荷車は思うようには進まない。

「気をつけろ」

正紀は叫んだ。何のためにどこへ土嚢を運ぶのかは、すべての者に伝えてある。滝川の拝領町屋敷を守ることは、藩のためになるのだと考えて、一同は力を尽くした。

五

どれくらいの間、荷車を押したか分からない。やっとのことで神田川《かんだ》の河岸まで荷車は辿り着いた。しかし川に架かる橋は、荷車の通行を止めていた。

「ああ」

無念の声を上げた藩士がいたが、正紀はこれを見込んでいた。和泉《いずみ》橋の袂へ行った。

「こちらです」

ずぶ濡れになって手を振り、叫んだ者がいる。源之助である。

橋下の船着場に、十五石積みの船が停められていた。川波に揺れている。尾張徳川家の船だった。源之助は正紀の指図で尾張藩上屋敷へ行って御船方へ掛け合い、一艘を出してもらったのである。宗睦の声がかりで滝川の拝領町屋敷を守る。否やのあろうはずがなかった。

「土嚢を移せ」

「おう」

活路を見出した思いで、一同は声を上げた。

「滑らぬように気をつけろ。川に落ちたら、命はないぞ」

正紀は龕灯で、藩士たちの足元を照らす。足を滑らせそうな場面では手を貸した。

「うわっ」

それでも滑って尻餅《しりもち》をついた者がいた。近くにいた植村が体を支えたが、土嚢は手から滑りおちて、そのまま荒れる川面に落ちた。

「かまわぬ。続けろ」

正紀は命じた。土嚢一つを失うだけで、藩士が無事だったのは幸いだ。

荷を積み終えると、荷車は上屋敷へ戻す。それ以外の者は船に乗り込み、直ちに出航する。

水嵩は、普段とは比べ物にならないくらい増していた。繋いである船が大きく揺れ、隣の船と船端《ふなばた》を擦っている。

神田川を出て、大川を下った。すでに激しい流れになっていた。ごうという響きが、耳に襲いかかってきた。船はさらに激しく上下左右に揺れる。藩士たちは、慌てて船端にしがみついた。

「船は揺れますが、あのときよりも、まだましですね」

植村が言った。二千本の杭を積んで、激流の鬼怒川と利根川を下った。そのことを言っていた。

両国橋《りようごく》、新大橋《しんおおはし》、永代橋《えいたい》と潜って江戸の海に出た。

「これはっ」

植村も声を上げた。今までとは揺れの度合いが違った。波も大きく、ざぶりと水を被る。小舟ならば、波に呑まれてしまうところだろう。正紀にも初めての揺れだった。

濡れた船端は、手で摑んでいるだけでは滑る。足を踏ん張り、抱えるようにしがみつくしかなかった。

船は嵐の海上では無力だった。何度も大波を浴びて、正紀は海水を呑み込んだ。

尾張藩の船頭や水手たちは、さすがに熟練の者たちだった。日頃から江戸と尾張の間を行き来している。海の航行に慣れているらしかった。

船はともあれ、汐留川に入った。ほっとしたのも、つかの間、さきほどと比べて、川の水位は驚くほど上がっていた。この調子ならば、半刻もしないうちに水は土手を越えてしまいそうだった。

芝二葉町の船着場に着いた。

正紀は河岸に立って、龕灯で周囲を照らす。商いをしている店など一軒もない。すべての店が表戸を閉めていた。すでに土嚢で店を囲んでいるところも少なくなかった。

大潮に、嵐のせいで高潮が重なった。それぞれの店が、できることをしていた。

船着場の船が揺れている。艫綱の縛り方が甘かった船は、岸から離れた。船体を揺らしながら、川面を流されてゆく。

「はて、あれは」

滝川の拝領町屋敷に目をやって、いくつかの黒い影が動くのに気がついた。横殴りの雨に遮られて、何をしているのか、すぐには分からない。目を凝らして仰天した。

黒っぽい衣服を身につけた男五、六人が、建物の戸を打ち壊しているところだった。斧《おの》や鳶口《とびぐち》を振り上げている者もいる。

風雨が収まる様子はない。今、戸を開けたら、一気に泥水が流れ込み、建物は使い物にならなくなる。企んだ者は、この嵐を機に滝川の拝領町屋敷に止《とど》めを刺すつもりらしかった。

「おのれっ」

正紀は、まずは植村や他の藩士たちに土嚢を下ろせと命じた。船は、少しでも早く尾張藩の船庫に戻さなくてはならない。

龕灯を植村に渡した。

船が岸に着くやいなや、正紀と源之助、青山の三人は船を飛び降り、拝領町屋敷に駆け寄った。やつらのいいようにはさせない。

「殺すな。捕らえろ」

正紀は抜いた刀を峰にして、不逞《ふてい》の輩に躍りかかった。源之助や青山がこれに続く。

「わあっ」

明らかに男たちは驚いていた。嵐で、船が近づいていたことに気付かなかったようだ。

正紀は斧を手にしていた男に刀身を振り下ろした。慌てた男が斧で避けようとしたが、足を滑らせた。体がぐらついたところで、刀身が二の腕を打った。勢いのついた斧が、風雨の中へ飛んだ。

「このやろ」

横にいた男が、正紀の脳天をめがけて鳶口を打ち下ろしてきた。斧の男よりも、性根が据わっている。狙いは確かだったが、正紀の敵ではない。横に払ってから、目の前に近づいた小手を打った。

鳶口は足元に落ちた。

逃げた者もいるようだ。斧を手にしていた男の姿はなくなっていた。正紀は鳶口の男の腕を捩《ね》じり上げ、後ろ手にして手拭いで縛った。

青山も一人を捕らえた。源之助は逃げた男を追ったが、暗い嵐の中に紛れ込まれてしまった。

捕らえた二人を建物の中に放り込んだ。雇った者の名を言わせたいが、今はそれよりも大事なことがある。

土嚢が下ろされると、尾張藩の船は立ち去った。

藩士たちが手分けして、すぐに建物の周囲に土嚢を積んでゆく。水位はさらに上がって、今では船着場が没していた。川と陸との境目が分からなくなっている。龕灯で照らしている中で、土嚢積みを続けた。泥濘《ぬかるみ》となった道は、足を取られやすい。何人かが転んだ。けれどもすぐに起き上がる。手を止めるわけにはいかなかった。提灯《ちょうちん》も用意してきていたので、建物の軒下に吊るした。正紀が龕灯を持たない方の手で押さえた。

風雨の勢いは衰えない。仕事をしているうちに、水はとうとう河岸の道にあふれ出した。

土嚢を積み終えたときには、足元にも水が迫ってきていた。

「これで建物を守れるでしょうか」

「後は、運を天に任せるだけだ」

源之助の言葉に、正紀が答えた。

もうできることはないが、水が川からあふれ出ると、上屋敷へ戻ることはできない。

「わあっ」

闇の向こうから、声が上がった。目をやると、世帯道具を担った者たちだ。どうやら逃げ遅れたらしかった。女の姿も窺えた。

「危ないぞ。荷を捨てて身を守れ」

源之助が声を嗄《か》らすが、相手の耳に届いただろうか。めったにない水害だ。どこへ行くのかは知れないが、慌てふためく気持ちは正紀にも理解できた。

「建物の中に入りますか」

植村が言った。正紀らには、逃げ場はない。

「屋根に上がろう」

すでに濡れ鼠《ねずみ》になっている。屋根に上がる方が確かだと考えた。縛って建物の中に入れていた二人も、屋根に上げた。

風雨はおさまらない。屋根瓦も滑る。上った者たちは、両手で屋根のてっぺんにしがみついた。水位は上がるばかりだ。

「他にも、屋根に上がっている者はいるでしょうね」

源之助が口にした。瞬時も止まない風雨に遮られて、周囲の家の屋根は見えない。

「雨が止んでくれ。水が引いてくれ」

誰かが、祈るような声を漏らした。そこでどしんという震動と音が響いた。直後に悲鳴も上がった。何か騒ぐ声が続いた。

「何だ」

正紀は音のした方に龕灯を向けた。陸に押し上げられた船の姿が見えた。

「船と船がぶつかったのではないか」

「いや。河岸に流された船が、建物にぶつかったんだ」

一同が、どきりとして顔を見合わせた。今いる建物にぶつかる可能性もあるからだ。同じような音が、他からも聞こえた。

「土嚢は、あれで間に合うのか」

正紀は自分に問いかけた。だいぶ高めに積んだが、どこまで耐えられるか分からない。

「わあっ」

濡れた屋根瓦から、滑り落ちかけた者がいた。近くの者が、慌てて体を摑んだ。

どれほどのときがたったのか、身体は冷えて歯の根が合わない。手足は痺《しび》れて自分のものではないようだ。激しかった風雨が、いく分収まってきた。そして水も徐々に引き始めた。

六

ようやく雨が止んだ。風も弱くなった。地べたが見え始めた。「おお」と一同は安堵の声を漏らした。

正紀を始めとする屋根に上がっていた者たちは、ようやく下へ降りることができた。暖を取りたいところだが、できる場所はどこにもない。気力を振り絞って、建物を検めた。

「無事です」

源之助が叫んだ。守ることができた喜びで声が弾んでいる。

正紀はここで、捕らえた二人に問い質しをした。まず名を名乗らせると、六助《ろくすけ》と寅次《とらじ》だと答えた。どちらも歳の頃三十歳前後で、振り売りと荷運びの人足をして暮らしていると言った。

「なぜ、あのような真似をしたのか」

二人は震えていた。侍たちに囲まれて、どのような目に遭わされるのかと怯えているのだろう。

植村が背後に回って、首に丸太のような腕を回した。それだけで、充分脅しになったらしかった。

「ぜ、銭を貰って、手伝ったんだ」

「指図をしたのは、何者か」

「名は知らねえ。初めて見るやつから、雨が降り出す前に声をかけられたんだ」

場所は東両国の広小路で、そのままついてきた。声をかけてきたのは深編笠を被った浪人者で、初めに問い質しをした六助は顔を見ていなかった。斧や鳶口などは、すでに用意されていた。

指図されただけで、話らしい話はしなかったとか。

雇われたのは五人で、浪人者は現場近くで指図をしていたという。横殴りの風雨で、他に誰かいたかどうかは分からなかった。

もう一人の寅次も、同じように答えた。六助と寅次は東両国で拾われたが、他の三人は深川馬場《ばば》通りで浪人者に声掛けされたという。

その間深編笠は取らなかったが、隣で歩いていた寅次は、深編笠を持ち上げたときちらと顔を見たと言った。

「面長で鼻が大きかった。歳は二十半ばくらいじゃあねえでしょうか」

嘘《うそ》を言っているとは思えなかった。水が引いたら、山野辺に引き渡すことにした。

闇のときが過ぎて行く。

「川の水が引いていくぞ」

暗がりでも気配で分かった。東の空が赤味を帯び始めた。次第に明るくなってゆく。

「おお、これは」

一同は周囲に目をやって声を上げた。正紀の目にまず飛び込んできたのは、河岸に乗り上げた荷船が、商家の建物に突っ込んでいる姿だった。河岸道で横転している荷船も、少なからずあった。次に目についたのは、舫ってあった船の艫綱が外れて、船同士が船体をぶつけ合った姿だった。

無事な船の方が少ない。多くの船は、そのままでは使い物にならなくなっていると思われた。

さらに流された戸板が杭に引っかかっていたり、商う品や台所の道具などがころがっていたりした。もちろん船がぶつかった建物は、そのままでは使えない。

「船や建物の持ち主は、たまりませんね」

「直せば使える船もあるのではないか」

青山と植村が話している。

「じんすけー」

と叫ぶ声が聞こえた。老婆が声を上げながら、河岸の道をよろよろ歩いて行く。倅《せがれ》は嵐の中を、船の様子を見に行ったのだろうか。

「おとっつぁん」

という声も聞こえた。嵐の中で行方知れずになった親族を捜している。

「ああ」

源之助が指さした先には、川の杭に引っかかって動かない男の体があった。一同は駆け寄って、杭に引っかかっている体を引き上げた。

二十歳《はたち》前後に見えたが、すでに事切れていた。河岸道に横たえたところで、皆は両手を合わせた。

近所に目をやると、何も手当てをしなかった建物では、水は床上にまできていたようだ。住人が嘆《なげ》きの声を上げている。

まずは高岡藩上屋敷と尾張藩上屋敷に、藩士を走らせた。滝川の町屋敷の無事を伝えなくてはならない。滝川へは、宗睦から知らせが行くだろう。また青山に命じて、捕らえた六助と寅次の二人を北町奉行所へ連行させた。

汐留川河岸は、北も南も惨憺《さんたん》たるものだった。建物も係留されていた船も、大きな傷跡を残している。建物は建て直さなければならず、船は使い物にならないものも多そうだった。

「海辺は、もっと酷いであろうな」

正紀は気になり、源之助と植村を伴って見に行くことにした。屋根にいた者たちは、一睡もしていない。供の二人を除いて、藩士たちは上屋敷へ帰らせた。

汐留川の河岸の道を、東に向かって歩いて行く。するとどこかから、振り売りの声が聞こえた。

「えー、握り飯。炊き立ての握り飯」

中年の親仁の呼び声だった。それを聞いて、腹の虫がぐうと鳴った。昨日上屋敷を出たときから、何も食べていなかった。

見ると麦交じりの握り飯が、一個十文で売られていた。普段ではあり得ない高値だ。けれども背に腹は替えられない。五個ずつ買って、腹に納めた。

高値でも、買い求める者は他にもいた。

「人の不幸に付け込みおって」

源之助は面白くないらしい。しかし植村の反応は違った。

「あざといですが、しっかり儲けていますね」

いた。

「うむ」

商人とはこういうものだと、正紀は思った。

しばらく歩くと、粥《かゆ》の炊き出しをしている商家があった。手代が店の名を連呼していた。

そして三人は、築地《つきじ》の海辺へ出た。

「これは」

すぐにはそれ以上の声が出なかった。船が横転しているだけではない。倒壊した家屋の上に船が乗っているのには仰天した。

死人や行方不明も出ているようだ。人の名を呼ぶ声が聞こえ、遺体にしがみついて泣き崩れている人の姿もあった。

嵐が過ぎて、空は晴天。空も海も輝いている。穏やかな波なのが、腹立たしいくらいだった。築地から鉄砲洲、霊岸島《れいがんじま》と歩いた。

被害は大きく、破損した船が目立った。修理できるならばいいが、船底に大きな穴が開いていてはどうにもならない。

「ああ、永代橋は無事でしたね」

源之助が言った。せめてもの救いという気がした。橋の上には、忙しなく行き来する人の姿が見えた。

被害は大きいが、江戸の人々の営みは止まっていない。耳を澄ますと、槌音《つちおと》が聞こえてきた。いち早く修復をして、商いを再開しようという意気込みだろう。

海に近いあたりでも、店を開けているところがいくつもあった。

「被災はしても、商人は負けておりませんね」

「うむ。汐留川河岸の商家も、じきに商いを始めるであろう」

源之助の言葉に、正紀は返した。

滝川の町屋敷も、何かで活かさなくてはならない。災害によって、求められる商いがあるはずだ。

「何であろうか」

正紀は首を捻った。

第二章　三方相対替

一

上屋敷に戻った正紀は、正国と佐名木に滝川の拝領町屋敷のことだけでなく、海べり川べりの被害について伝えた。握り飯売りなど、抜け目のない商人の動きにも触れた。

「滝川殿の町屋敷についても、活かす道を考えねばならぬ」

正国は言ったが、それは命じているのであって、自分がどうこうするというものではなかった。武家の官吏としては有能だが、商人の考え方は理解できない。

「すぐに手を打たねば、後手となりましょう」

佐名木の方が分かっている。己のこととして、どうすればいいか考えている。しかし正紀共々、妙案があるわけではなかった。

正国は、滝川の拝領町屋敷を壊そうとした輩について関心を示した。

「そやつらから、雇った者を割り出せるとよいのだが」

これは問題の解決に欠かせない。寅次と六助については、山野辺が改めて吟味《ぎんみ》をする。

正紀は京に会う前に湯につかり、髪を整えた。乾いた着物を身につけると、ようやくさっぱりした心持ちになった。

京の部屋へ行くと、孝姫がいて「とと」と言って歩み寄ってきた。歩き始めたとはいっても、まだよちよち歩きだ。生まれてやっと一年だが、それでも「とと」と呼ぶくらいだから、正紀が誰だか分かるらしい。

それには満足した。

数歩進んだところで、ばたんと倒れた。それで「わあ」と泣いた。正紀が抱き上げるが、泣き止まない。京が抱くと泣き止んだ。数か月前から同じようなことを繰り返している。母親にはかなわない。

泣き止んだ孝姫は、新たな関心事を見つけて、そちらへ動き始めた。

そんな孝姫の動きに目をやりながら、正紀は昨夕からの顚末《てんまつ》を京に伝えた。みるみる上がった水位。失われた命。横転する破損船。船が人家に突っ込むなど、尋常ではあり得ない光景だ。そして用意してもらった握り飯の礼も口にした。

正紀の話を、京は顔を強張《こわば》らせて聞いた。聞き終えて真っ先に口にしたのは、水害で命を落とした者たちのことだった。

「不憫ですね。冥福を祈らねばなりますまい」

瞑目《めいもく》し、合掌《がっしょう》した。正紀も気持ちは同じだから、共に手を合わせた。

「残された者は、辛いでしょうね」

と言い足した。一家の稼ぎ手を亡くしたら、その日から暮らしに困る者も出るだろう。

それから、滝川の拝領町屋敷の利用についても話をした。京は少しの間考えるふうを見せたが、口にした言葉は思いがけないものだった。

「江戸の町は、どこまでも続きまする」

「まあ、そうだな」

何を言い出すのかと訝《いぶか》しんだが、とりあえずは話を合わせた。こういうことは珍しくない。

「そこでは大勢の者が暮らしております」

「うむ」

「武家と町人を合わせて、どれほどの人がいましょうか」

「武家が五十万人、町人も五十万人ほどではなかろうか」

これは正国が奏者番をしていたときに聞いた。口でいうのはたやすいが、とてつもない数字だ。

「その者たちは食事をし、様々な暮らしの品を使いまする」

「それはそうだが」

正紀はそろそろ焦《じ》れてくるが、京は意に介さない。江戸に住む者が食べるもの、暮らしに使うものはすべてよそから運ばれる。何で運ぶのかと問われた。

「それは船だろう」

当たり前なことを訊くな、という気持ちがあった。陸路では、大量輸送ができない。だからこそ利根川や江戸川の水上輸送が栄え、高岡河岸も河岸場としての存在価値がある。

「さようでございます。お気づきになりませんか」

京はにっこり笑った。前ならば、鼻で笑うところだ。

「そうか。船だな」

京が言いたいことに気がついた。

「嵐があろうと何があろうと、百万人のための暮らしの品々は、運ばなくてはなりませぬ。多くの破船があったというならば、荷を運ぶ船は足りないことでございましょう」

「大潮に嵐による高潮が重なった。確かに船の被害は多かった。遠方より運ぶ船がどうなっているかは分からぬが、ご府内で荷を運ぶ船が足りなくなったのは明らかだ」

利根川や江戸川、荒川《あらかわ》などを使って運ばれた船は、江戸の船問屋で荷を下ろす。その荷を仕入れた各問屋や小売りに運ぶのは、ご府内と近隣専門の船問屋の仕事になる。遠方用の船とご府内用の船と、両方をもっている船問屋もあるが、大多数ではない。

「破損していても、修理すれば使える船があるのではないでしょうか」

「うむ。それはそうだ」

正紀は、今朝見てきた状況を頭に浮かべた。どうにもならない船もあったが、素人《しろうと》目《め》には、修理できそうな船が少なからずあった。

「破損した船は、新造船よりもはるかに安く手に入るのではありませんか」

船を使った商いができないか、という京の提案だ。芝二葉町は、汐留川に面している。

「分かった。その線で調べてみよう」

次の動きの目星がついたら、正紀は眠くなってきた。昨夜は土嚢と水を相手に奮闘して、一睡もしていなかった。その疲れが出てきた。

翌日正紀は、源之助を伴って屋敷を出た。被災した川べり海べりを歩くことにした。海や川から離れているところは、被害は少ない。屋敷のある下谷広小路の界隈は、落ち葉と水たまりがあるばかりだった。

めっきり冷えてきた。上野《うえの》の山から、紅葉が舞ってくる。

正紀は歩きながら、源之助に目指すことを伝えた。芝二葉町を、ご府内輸送の船問屋にできないかという試案だ。

「目の付け所が、さすがでございますね」

源之助は感心した。

「まあな」

京の意見だとは、あえて話さない。

川や掘割でも、大川や海から離れたところは、被害があっても、修理が早くできる。すでに何事もなかったように、町は動いていた。船の破損も大したことはない。

二人は、昨日行かなかった、浅草川《あさくさ》の西河岸《にしがし》を歩いた。このあたりも水は土手を越えて人家の床上まで浸入した。破船が何艘も、まだ河原に転がったままになっていた。家屋の修繕は始まっているが、壊して建て替えなければならないようなものもあった。

河原で横転している小ぶりな荷船を検めている、初老の男がいた。日焼けした顔で、荷船の持ち主の船頭らしかった。愛おしそうに撫でているのは、破損した船端の棚板のあたりだった。何か先の尖ったものに、激しくぶつかったらしく穴が開いていた。

「その船は、稼ぎのもとになっていたのだな」

「へい。えれえ目に、遭いましたぜ」

船頭は悄然とした面持《おもも》ちで言った。節くれ立った柏《かしわ》の枝のような指が、長い船頭暮らしの跡を伝えていた。

「この船は、どうするのか」

「修理してえが、先立つものがねえ」

寂しげに笑った。そして続けた。

「旦那が買ってくれるならば、ありがてえ。修理をすれば、充分に使えますぜ」

破損した古船だから、銀三十匁でいいと言った。

「船には、もう乗らぬのか」

「きついからね。子どもを相手に、飴でも売りますよ」

船乗りとして、船の破損は辛かろう。まして自分の不始末ではなく天災だ。老いて気力もなくなったらしかった。未練を断ち切るつもりだろうが、破船を売りたいという船頭の気持ちは察せられた。

「銀三十匁は、相応な値なのであろうか」

船から離れたところで、正紀は源之助に問いかけた。

「さあ、どうでございましょう。多少吹っかけているのではないでしょうか。使うには、修理の手間賃もかかりますゆえ」

素人では、はっきりとした相場は分からない。ただ源之助の言葉は、的外れではない。

さらに十人ばかりの船頭に声をかけた。修理できそうな破船を見つけて、持ち主を訊いて訪ねたのである。

「買ってくれるんならば、話に乗りますぜ」

手放してもいいと言ったのは、半分の五人だった。他の者は、自分で直したり売り先が決まっているようだ。

売ってもいい理由は、修理代がないからだという。住まいを流されて、それも何とかしなくてはならない者もいた。

「修理は、銭さえあれば容易《たやす》くできるのか」

「いや。そうもいきませんぜ。船大工の数は限られている。おれたちの襤褸《ぼろ》船修理まではなかなか回ってこねえ」

修理代も高騰しているそうな。金のない者は、船に愛着があっても手放すしかないのが現状らしかった。

「破損をしているのは、おおむねご府内で荷を運ぶ船だな」

「江戸から離れている船は、高潮には遭いやせんでした。たまたま江戸にいた船はやられたかもしれやせんが、少ないと思いますよ」

と言われた。大潮で、嵐を予見した船頭は、江戸には近づかなかったのかもしれない。

「船大工の役割は、大きいですね」

「うむ。船頭や水手にとって、板子一枚下は地獄だというからな。いい加減な修理では、怖くて乗れまい」

「すると出物の破船があっても、船大工の手当てができなければ、話になりませんね」

源之助は落胆を隠さず言った。

二

芝二葉町の滝川の拝領町屋敷を壊そうとして捕まった寅次と六助は、南茅場町《みなみかやばちょう》の大番屋《おおばんや》へ閉じ込めておいた。

嵐が去って明けたその日は、山野辺は町廻りをして河岸道の被害の様子を検めた。こういうときの高積方の役目は大きい。通りに破船や崩れた家屋の柱や瓦などがあっては、安全な通行ができなくなる。道の確保をすることも、役目の内に入っているからだ。

横転した船があれば、持ち主を捜してとりあえず河原に運ばせた。戸板や壊れた船の破片などは、町役人《ちょうやくにん》に伝えて片付けさせた。それで一日中動き回ったから、寅次ら二人の問い質しができたのは、さらに翌日の昼下がりになってからだった。

芝二葉町での詳細は、青山から聞いていた。

山野辺はまず、正紀と同じ問いかけから始めた。建物を壊そうとした五人は、東両国の広小路と深川の馬場通りから拾われた。皆知らない同士だ。寅次と六助は、顔を見かけたことはあった。寅次は竪川《たてかわ》河岸で荷運び人足をしていた。住まいは亀沢《かめざわ》町の裏長屋だ。六助は相生《あいおい》町の裏長屋住まいで、浅蜊《あさり》や蜆《しじみ》の振り売りをしていた。

どちらも正紀らに脅されていたから、問い質しには素直に答えるだろう。寅次から訊いた。

「見張りをしていた浪人者がいたそうだな」

「へい、おれたちを見張っていたんですよ。でも気がついたときにはいなくなっていやした」

正紀らが現れて、逃げ出したのである。そのときには、深編笠ではなく、顔に布を巻いていたとか。強風で深編笠など被っていられる状況ではなかった。

寅次は浪人者の顔を見ているというので、確認をした。

「東両国どころか、他の場所でも見たことのない顔でした」

もう一度見れば、分かるだろうと言った。浪人者は身元を知られぬように、自分と縁のない土地で人を集めたことになる。

「何か持ち物などで、気がついたものはないか」

「さあ」

寅次は考え込んだ。そして口を開いた。

「顔に巻いていた手拭いですが、何か絵が染められていやした」

「どのようなものか」

寅次はやや間を空けてから答えた。

「亀です」

手拭いの中央にいる亀が、刀の刃の上を歩いている柄だったとか。文字も書かれていたはずだが、それは分からない。他に得られた手掛かりはなかった。

顔を見ていない六助からは、新たに聞き取れたことはなかった。二人とも、まだ大番屋へ留置しておく。

山野辺はその手拭いの件で正紀と相談すべく、高岡藩上屋敷へ行った。しかし正紀や植村など親しい藩士は留守で、佐名木が会った。

手拭いの件で意見を求めた。

「そうした手拭いは、何かの祝い事やお披露目などで配られることが多いであろうな」

「いかにも」

山野辺もそれは考えていた。

「商人ならば、刀剣を扱う店か。武家ならば剣術道場の代替わりか、何かめでたいことがあって配られたのであろう」

「亀ですが、心当たりはありましょうや」

「そうですな」

佐名木は首を捻った。

「神田雉子《きじ》町に亀屋《かめや》という、柄巻師《つかまきし》の家がある。それから貫心《かんしん》流の一門で、亀崎建真《かめざきけんしん》なる者が、深川八名川《やながわ》町で道場を開いております」

「かたじけない」

「いや、こちらこそ。手間をかけまする」

佐名木は高岡藩のために動いている山野辺に、礼を口にした。

名の挙がった二軒が関係しているかどうかは分からないが、当たってみるしかなかった。

山野辺がまず行ったのは、柄巻師の亀屋である。間口は二間（約三・六メートル）で、様々な色や模様のある柄の糸が並べられていた。奥の刀掛けには、預かったらしい刀が並んでいる。

「刀身の上を歩く亀の手拭いでございますか。そのような品は、配っておりませぬ」

中年の主人に言われた。そこで深川の亀崎道場へ行った。竹刀《しない》のぶつかる音や掛け声が、通りにまで響いてきていた。

山野辺は頭を下げて師範代を呼んでもらい、話を聞くことにした。町方与力は、町人に対して絶大な権限があるが、武家にはそれが通用しない。話を聞くためには、下手に出なくてはならなかった。

師範代は三十代半ばの歳で、精悍な眼差しをしていた。嵐に紛れて、民家の打ち壊しを図った者を捜していると告げて、手拭いが配られた事情について尋ねた。

「当道場では、二年前にそのような手拭いを四百枚作った」

師範代はあっさりと認めた。師範の還暦の祝いをした。そこで同門の師匠や高弟、門下の弟子に配ったのだという。

一枚一枚当たるのかと思うと、少々うんざりする。

「こちらの道場には、ご浪人も通っておいでてございましょうや」

「いや、それはない。無役の方はおるが、直参と各藩の勤番の方々である」

それを耳にして、力が抜けた。無駄足だったと感じたからだ。しかし師範代は付け足した。

「浪人になって、道場を辞めた者はおる」

「手拭いを配った以降で、辞めた門弟はおりませぬか」

これは訊いておかなくてはならない。

「二人いる。鎌谷陣内《かまたにじんない》と樋岡辰之進《ひおかたつのしん》という者である」

打ち壊しをした者が門弟であっては迷惑だろうが、辞めた者ならば問題ない。師範代はあっさり答えた。

どちらもかつては直参だった。二人共に、亀の手拭いは配られていた。浪人者になったのは、鎌谷が一年前で、樋岡は棄捐の令があった後だという。

「ご無礼な問いではござるが、直参でなくなったのは、金子が関わってのことでござろうや」

「それ以外はあるまい」

師範代は苦々しい顔になって答えた。

「鎌谷殿と樋岡殿は、今どちらに」

「それは存ぜぬが、前の屋敷ならば分かるぞ」

鎌谷は竪川二ツ目《ふため》橋南で、樋岡は大横川と南割下水が交わるあたりだという。早速、山野辺は向かうことにした。

三

正紀は源之助を伴って、鉄砲洲の浜へ移った。昨日はざっとだったが、今日は破損具合に気を配りながら打ち上げられている荷船を丁寧に検めた。

船首である舳《へさき》の部分が破損している、二十五石積みの荷船があった。古船だが、舳以外にはまったく損傷はない。

「これも直せば使えそうですね」

源之助がいった。

「そうだな」

正紀は答えるが、買うことはできないので言葉に力がない。破損具合をさらに確かめていると、老いた船頭がやって来た。

「引き取ってくれるなら、銀四十匁でかまいませんぜ」

と言った。値としては、格安だと正紀は思った。船頭は皺の深い日焼け顔で、骨太の体つきだ。ただ背中が微妙に曲がっている。頬もこけて見えた。これを機に、船から下りたいと考えているのかもしれなかった。

「そうだな」

二つ返事で受け入れたいが、藩に余分な金はない。修理もできない。

「金主を探せないでしょうか。得られる利益を、折半するということで」

源之助が言ったが、船代を出させ、修理もさせるとなると、こちらに都合がいいだけの話となる。おまけに芝二葉町の拝領町屋敷を、家賃を払わせて使わせなくてはならないのである。

商人は、己に利益がなければ動かない。

しかしここで、はっと気がついた。国許《くにもと》の藩士で、船の修理ができそうな者に思い当たったのである。修理は、何も江戸の船大工を使わなければならないわけではない。

「修理できる者を国許から呼び寄せれば、そのための費えはかからぬのではないか」

「なるほど。そうですね」

源之助は目を輝かせた。

思いついたのは、国許の下士で橋本利之助《はしもとりのすけ》という者だ。まだ若いが、高岡河岸の運営と警固《けいご》に当たっていた。

河岸場には荷船が出入りするが、中には杭や土手にぶつかったり、経年のために傷んだりする船が現れる。器用な男で、そうした船の修理をするとの報告を受けていた。

高岡河岸あたりで船に異常があっても、取手《とりで》まで行かなければ船大工はいない。しかし破損した船のままで、暴れ川の異名がある利根川を進むことはできない。橋本が修理をした。

誰かに習ったわけではないが、幼い頃から高岡河岸で行われる船の修理の様子を見ていた。

橋本には兄がいたが、河岸場の納屋を守るために命を失った。家督を継いで出仕した後は、納屋と河岸場を守るために尽力をしてきていた。

藩のために江戸で破船の修理をしろと言ったら、喜んで出てくるだろう。

「しかしな……」

事が一つ解決しても、次の問題が現れる。

「船の修理ができても、高岡藩には破船ですら買い取る金はないぞ」

適当な商人を探し、芝二葉町の滝川の拝領町屋敷で船問屋の看板を出させ、家賃をもらわなくてはならない。年百両を越えた家賃の半分を高岡藩が得るという約束だ。

これは気が遠くなりそうなくらい、面倒なことに感じる。

河岸場の運営とは違う。源之助の言う通り、金主と商いに当たる者を探さなくてはならないだろう。それが一苦労だ。

話を持ち込める先が思い浮かばない。親しい者として、船問屋濱口《はまぐち》屋幸右衛門《こうえもん》や塩問屋の桜井《さくらい》屋長兵衛《ちょうべえ》がいるが、この二人にはすでに高岡河岸に四棟目の納屋を建てるにあたって世話になっていた。棄捐の令後の金回りの悪い中で、多大な助力をしてもらっている。

これ以上は、とても世話になれない。

ただ濱口屋幸右衛門は、遠路の廻船を請け負っているから、江戸の荷船の事情を聞けるかもしれない。また正紀が考えている、破船を直してご府内を回る船問屋を芝二葉町の拝領町屋敷でできるか意見を聞いてみたい気もした。

正紀と源之助は、深川伊勢崎《いせざき》町の濱口屋へ足を向けた。仙台堀《せんだいぼり》の北河岸にあたる。大川を東に渡ったあたりも、西側と同様、惨憺たる有様だった。特に永代橋の南、江戸の海に近いあたりでは、船だけでなく家を流されたところもあった。

廃材でしかなくなった建物の残骸を片付けている者がいる。いたるところで、破船が横転したままになっていた。けれども荒地に仮店を建て、すでに商いを始めている者もいた。

仙台堀河岸も、大川の河口ほどではないが、嵐と高潮の影響を受けていた。船着場の一部が損傷したり、船同士がぶつかったりする事故があったようだ。水も土手を越えたが、建物の床上にまでは至らなかった。それは幸いだった。

濱口屋は、江戸から離れていた船が多かったので、大きな損害は被《こうむ》っていなかった。船着場にある三百石積みの荷船は無傷で、船着場にいた手代に訊くと、今朝江戸に着いたものだと知らされた。

店の敷居を跨ぐ。店とはいっても、商品が並べられているわけではない。壁に持ち船の名が記された木札があって、その下に今の行き先と帰ってくる日にちが書かれた紙片が貼られていた。

「いらっしゃいませ」

濱口屋の奉公人は、手代以上ならば顔も名も分かる。店の奥では、跡取りの幸兵衛《こうべえ》が、弟で三番番頭を務める幸次郎《こうじろう》を叱っているところだった。

五十四歳になる主人の幸右衛門には、二人の倅がいた。それが三十歳になる幸兵衛と、二つ下の幸次郎である。

どちらも商売熱心で、濱口屋の次代は盤石《ばんじゃく》だと言われている。それはこの兄弟が力を合わせるからだと、世間では噂《うわさ》していた。

今日は叱られている幸次郎だが、いつも気合を入れて仕事をしている。老練な船頭や水手とも、物怖じしないで渡り合う。

「これはようこそ」

幸右衛門は、愛想《あいそう》よく正紀と源之助を迎え入れた。裏手の商談用の部屋へ通した。すぐに小僧が、茶菓を運んで来た。

早速、大潮と高潮の影響を訊いた。

「お陰様で、うちではさしたる被害はありませんでした」

「それは何より」

幸右衛門の言葉を聞いて、正紀は胸を撫で下ろした。

そこで江戸の船問屋事情を訊いた。

「うちだけでなく、遠方からの荷を扱う廻船問屋の損失は、どこも大きくはありません」

まずはそう口にした。遠路を行き来する大型船を持つ問屋は、資金力があるから多少のことがあっても商いに響かない。大潮に嵐が重なると見れば、江戸入りを遅らせる。そうやって船と荷を守った。

「たいへんなのは、ご府内の輸送を専《もっぱ》らにする船問屋です。そこで扱う船は四、五十石積み以下の小型のものが多いですが、この船がやられました」

「うむ」

その悲惨な有様は、正紀も昨日今日とさんざん目にした。遠路を往還する船問屋が
ご府内輸送も手掛ける場合はあるが、ご府内専門の輸送はおおむね別の船問屋が商い
をしている。

個人の船頭が、持ち船を使って運ぶ場合も少なくなかった。

「ですからこれから江戸に入った荷のご府内輸送は、求める者が多くなって捌きれ
なくなります」

「動けない船が多いからだな」

「さようです。うちでも、困っています」

幸右衛門は、ため息を吐いた。

「では、今がご府内輸送の船問屋を始めるのには好機だな」

「そうなりましょう」

「濱口屋で、やってみる気にはならぬか」

正紀は思い切って言ってみた。できれば芝二葉町で、濱口屋がご府内輸送の船問屋
を開いてくれたら、こちらには都合のいい話だった。

「いや、その気はありません」

きっぱりとした口ぶりだ。幸右衛門はこの件についてすでに考え、やめようと決め

た後なのかもしれないと感じた。

「なぜか」

理由《わけ》は聞いておきたい。他の船問屋も、同じ判断をするに違いないからだ。

「金詰まり、ということでございます」

「棄捐の令が、尾を引いているわけだな」

今度は正紀がため息を吐いた。

定信が満を持してなした政策だったが、結果としては弊害の方が大きくなった。貸し渋りにより、金の回りが悪くなった。影響は江戸の商人全般に及んでいる。大名の資金繰りにも影響を及ぼしていた。高岡藩も、予定をしていた相手から借りられなくなった。

「一昨日《おととい》の高潮による被害は、私たち遠方に行く船問屋には損害は少なかったですが、金詰まりの方はどうにもなりません。そんなゆとりは、どこにもないのですよ」

「なるほど」

幸右衛門は、正直に話している。そんな中でも濱口屋と桜井屋は、高岡河岸に建てる四軒目の納屋のために資金を貸してくれた。それだけでも、充分にありがたいことだった。

船問屋の事情が分かったのは幸いだった。

四半刻ほど話をして、正紀は店を出た。すると船着場に幸次郎がいた。

先ほどは幸兵衛に叱られていた。面白くないふうに見えたので、正紀は声をかけた。

まずは高潮の被害について問いかけた。

「江戸へ運んでから、その先へ運ぶ船がないので難渋《なんじゅう》しています。探しているのですが、思うように集められません」

使える船が少なくなって、ご府内での輸送費の高騰が起こっているのだとか。三番番頭の幸次郎は、江戸に着いた荷を仕入れ先の顧客に届けるのが役目の一つになっていた。

ご府内輸送の船がうまく探せなかったので、兄の幸兵衛に叱られていたのだった。

「濱口屋でご府内用の輸送もやれたらよいのだがな」

たった今幸右衛門と話をしてきたばかりなので、正紀はつい漏らした。すると幸次郎は、驚いたような顔で見返してきた。あまりにも荒唐無稽《こうとうむけい》な話だと感じたのかもしれない。

四

深川八名川町の亀崎道場を出た山野辺は、鎌谷陣内と樋岡辰之進のかつての屋敷へ向かう。近所に行方を知る者がいるかもしれない。

まず行ったのは、鎌谷がいた竪川に架かる二ツ目橋の南だ。六間堀《ろっけんぼり》に面していて、道場からは近いところだった。小旗本や御家人の屋敷が並んでいる。

六間堀の河原にも、破損した小舟がまだそのままになっていた。その上に、落ち葉が散っている。

武家地の河岸道は木切れなど落ちておらず、掃除が行き届いていた。大川の河岸ほどではないが、このあたりも屋敷の土塀を見ると、水がどこまで上がったか窺い知ることができた。

鎌谷は家禄百俵の御家人だったという。屋敷は百坪程度の敷地だった。長屋門ではなく、木戸門だ。今は御家人株を買った者が住んでいる。

株を買った者は、前の御家人の消息などには関心もないだろう。そう思うから、訪ねなかった。しばらく様子を見ていて、三軒おいた先の屋敷から若い新造が出て来たので「卒爾《そつじ》ながら」と問いかけた。

「さあ、あちらの屋敷の前の方は」

知らないようだ。聞けば、嫁いでくる前のことだという。ならば、知らなくて当然だった。しばらくして、隣の屋敷から隠居ふうの白髪《しらが》の侍が出てきた。山野辺はこの人物にも下手に出ながら問いかけた。

「鎌谷殿か、どうしておろう」

懐かしむ顔をしたが、今の暮らしぶりは何も知らないと返された。親の代から無役で、暮らしは楽ではなかったらしいと聞いた。

次は四軒先の中年の新造だった。

「浅草寺界隈で、用心棒をしているという話を聞いたことがありまするが」

「いつのことでござろうか」

「一年ほど前でしょうか」

浅草寺界隈のどこかは分からない。

次は樋岡の屋敷があった、本所の大横川と南割下水が交わるあたりに行った。本所も東のはずれで、さすがにここまでくると、大潮に高潮が重なっても水は土手を越えなかったようだ。

「樋岡殿は、不運でござった」

隣の屋敷で、垣根の手入れをしていた中年の侍はそう言った。樋岡は屋敷を出てまだ間がないので、近所の者は記憶に新しい様子だった。

「棄捐の令で借金が棒引きになったのはよかったが、新たな金が借りられなくなった」

「それが樋岡殿の首を絞めることになったわけですな」

「さよう。札差以外からも借りていて、そちらは帳消しにはならなかった。利息を払うことができなくなった」

「それで株を売らなくてはならなくなったわけですな」

同じような話は、他でも耳にした。

「あの者は、棄捐の令を恨んでおった。わしらも、かえって窮屈になったぞ」

中年の侍はぼやくように言った。

樋岡は二十六歳で、子はなかったが妻女がいた。浪人の身になっては養えないので、離縁して実家へ戻したそうな。

「挨拶もないまま、逃げるように屋敷から姿を消したぞ」

「面目がないと、感じたのでしょう」

「違いない」

同情した口ぶりだった。ただその後は何をしているかは分からない。

「誰かがどこかで見かけた話は、聞きませぬか」

「ああ。そういえば、そのようなことを話していた者がいたな」

「どなたでしょう」

「さて」

思い出すのを待った。しばらくしてから、「ああ」と声が上がった。

「設楽恵之助《したらけいのすけ》殿だ。訪ねるがよい」

屋敷の場所を訊くと、中年の侍は、あの屋敷だと指差した。並びの、数軒先の屋敷だった。設楽は評定所改方をしているが、今日は出仕をしない日らしく顔を見かけたといった。

山野辺はすぐに出向いた。設楽は三十半ばの、生真面目《きまじめ》そうな侍だった。

「いかにも、樋岡殿の姿を見申した」

半月ほど前なので、よく覚えていると言った。

「場所は日本橋川に架かる江戸橋の袂でな、商家の番頭らしい者と歩いていた。手代ふうの者も一緒だった」

それに小葛籠《こつづら》を背負った小僧が従っていた。四人は話をしていたわけではないので、たまたま近くを歩いていただけかもしれないと設楽は付け足した。人混みの中で、すれ違ったのである。樋岡は南河岸から渡ってきた。

「話はしなかったのですな」

「気づいたときにはすれ違っていた。声をかける間はなかった」

「一緒だと思われた番頭や手代の顔は、覚えておいでござるか」

すると設楽は、困惑顔になった。

「樋岡殿に気を取られていたのでな、まったく思い浮かばぬ」

覚えているのは、後ろ姿だけだそうな。ただ小僧が背負った小葛籠には、屋号が記されていて、それは覚えているとか。

「何とありましたか」

「奥州屋とあった」

手掛かりには違いないが、奥州屋という屋号は珍しくない。

小葛籠には、商いの種別は記されていなかった。この広い江戸で捜すのは至難の業だ。江戸橋を渡って行ったからといって、その近くに店があるとは限らない。

それでも山野辺は、江戸橋に足を向けた。

江戸橋に近い本船町《ほんふな》の自身番へ行って、問いかけた。

「奥州屋さんですか」

書役は首を捻った。それでも二つの店を挙げた。小舟町《こぶな》二丁目の傘屋と伊勢町《いせ》の呉服屋《ごふく》だった。両方出向いたが、樋岡辰之進を知る者はいなかった。隠しているようには感じられない。

二つの店の周辺でも問いかけをしたが、該当しそうな浪人者の話はなかった。これで調べる手掛かりはなくなった。

山野辺は南茅場町の大番屋へ行って、もう一度寅次と六助に問い質しを行った。

「浪人者について、新たに思い出したことはないか」

「それは」

二人は不安げな顔で、首を傾げた。浪人者は、身元が分からないように細心の注意を払っている。

「その方らは、とりあえず解き放つとしよう。しかし今の長屋から移ってはならぬ。面通しがいる場合には、何をおいても力を貸す。よいか」

「へ、へい」

「もし逃げたら、地獄の底まで追いかけて捜し出し、島へ送ってやるぞ」

脅すと、体を震わせた。二人は怯えた顔のまま、大番屋から出て行った。

五

正紀は幸次郎から、遠方に荷船をやりながらも、ご府内を運ぶ船を持たない船問屋を四つ挙げてもらった。濱口屋と、多少なりとも繋がりのあるところだ。

ご府内回りをする船問屋を始めないかと、話を持ち掛けるつもりだった。金の巡りが悪いのは明らかだが、商機であるのは間違いがなかった。

金にゆとりがある者ならば、乗ってくるのではないかと期待した。断られるのは、何とも思わない。

まず行ったのは、仙台堀河岸永堀《ながほり》町の臼田《うすだ》屋という問屋だ。濱口屋よりも規模は小さいが、繁盛している店だと聞いた。

そこの番頭に、濱口屋の幸次郎から紹介されたと伝えた上で、ご府内の輸送に困っていないかと尋ねた。

「もちろん、困っております。船を探すのに、四苦八苦しております」

「そうであろうなあ」

大きく頷いてから、身分と名を伝えた。すると商談用の部屋に通された。主人も姿を現したので、ご府内用の船問屋をやってみないかと、話を持ちかけた。要点は二つだ。

一つは破船の利用だ。市中には嵐で傷ついたが、修理すれば使える中小の荷船が多数ある。これを安価で買い求めて修理をし、利用する。船の代金を出すならば、修理はこちらでする。これで出費が抑えられる。

もう一つは、問屋の店舗は汐留川河岸の芝二葉町の二棟の建物と船着場を借りて使う。家賃は年二百両で、月ごとでも年にまとめてでもよしとするというものだった。

「芝二葉町は周辺に大店老舗が多く、繁華な一等地である。荷船の出入りも活発で、ご府内輸送には便利な地だからな、船問屋商いには適している」

正紀はそうまとめた。

これならば滝川に百両を渡した後で、残りの百両を折半すれば、年に五十両が高岡藩に入る。藩にとっては大きな実入りだ。

話し合いによっては、百五、六十両までならば、割り引いてもいいという腹はあった。

「確かに、今はご府内用に使える荷船は、少なくなっています」

話を聞いた主人は、関心を持ったらしかった。

「しかし年に二百両という店賃は、高いですねえ」

面白い話だとしながらも、番頭は渋面《じゅうめん》を拵《こしら》えた。

「まことにそうですな。破船とはいっても、状態のよいものはそれなりの値をつけるでしょう。その店賃を支払うならば、十艘以上揃えなくてはなりません。そうなると、たいへんな額になる。金詰まりで、とても手が出ませんな」

番頭の意見を聞いて、主人も話には乗れないと考えたらしかった。

「主人の言葉通りではあるが、汐留川に面した芝二葉町の出物は、そうはないぞ。今こそ好機だと思うが」

もう一押しした。二棟のうち一棟を店にし、もう一棟を船頭や水手に住まわせてもよいのではないかと言い添えた。また店賃の値引きも多少ならとにおわせた。

主人と番頭は、顔を見合わせた。

家賃の値下げを求めて来るのなら、脈ありだ。向こうに値を言わせて、すり合わせていけばいい。

けれども思惑が外れた。

「やめておきましょう。店賃のこともありますが、今は金子のやり繰りがつきません。

何せ貸し渋りは、目を覆うばかりです」

「まったくです。今商いを広げられるのは、手持ちの金子が豊富にあるところだけですよ」

主人に続けて、番頭が言った。値切るのではなく断りだった。いけそうだと思ったから、力が抜けた。

「それにしても井上様は、変わったお侍様でございますすなあ」

主人が不思議そうな顔をした。

「まるで商人のようで」

と続けた。

「そうか」

と正紀は返した。店を出たところで、源之助が言った。

「商人のようだとは、無礼でございますね」

腹を立てているらしかった。

「まあ、そうなるか」

正紀は考えもしなかったが、身分ということを頭に置けばそうなるかもしれなかった。

「あの主人は、分をわきまえておりませぬ」

「しかしな、おれは気にしないぞ。今は金子を得ようとしている。そのために動いていたら、武家も商人もあるまい。同じようなものだ」

何が悪い、と言いたいくらいだ。

「はあ、そうお考えなさいまするか」

「年貢だけでは、逼迫した藩財政は変わらぬままだ。百姓を絞っても、滲《にじ》み出てくるのは恨みだけだ。藩士からの貸し米をなくすためには、どこかで稼がなくてはならない」

「まことに」

源之助は思案《しあん》する様子だった。士は民の上に立ち、支配する立場にいなくてはならない。そういう考え方を学んできたのだろう。正紀の言葉は、意外だったに違いない。

しかし反発する様子はなかった。その辺りは柔軟だ。

父の佐名木が、正紀に折々供をさせてほしいと言ったのは、源之助に正紀の行動や思考に触れさせたいと願ったからだ。源之助は将来、高岡藩を背負ってゆく立場にある。視野を広く持たせたいという腹だ。

次の小名木《おなぎ》川河岸の船問屋に向かった。目当ての問屋も、それなりの商いをしているようだった。船着場には、江戸に着いたばかりらしい大型の荷船が接岸していた。

「ご府内用の船問屋について、話をいたしたい」

幸次郎の紹介だと伝えているし正紀の身なりも悪くないから、対応した番頭は丁寧な態度物言いだった。しかし詳しい話を語るまでもなく断られた。

三軒目は鉄砲洲本湊《ほんみなと》町の、西国からの荷を運ぶ船問屋の江戸店だった。

「芝二葉町ならば、文句はありませんねえ」

中年の主人は、何度も頷きながら話を聞いた上で言った。調子のよさそうな者に見えた。

「では、やってみるか」

話がつくかと思ったが、甘かった。

「はい。年百両の店賃でいかがでっしゃろ」

「いやそれでは」

高岡藩には、何の得もない。断るつもりなのか、足元を見られたのかは分からない。

百両以上は鐚《びた》一文出すつもりはなさそうなので、話にならなかった。

下手に出た口をきいても、頑として譲らない。

「大坂《おおさか》の商人は、吝《しわ》いですね」

源之助が呟いた。

最後の一軒は、浅草黒船町《くろふね》にある船問屋だ。ここは荒川や都幾《とき》川などを上り下りする船を差配していた。

「面白い話ですね」

ここも主人は最後まで話を聞いた。しかしやるとは言わなかった。やはり資金繰りの問題だった。

「棄捐の令がなければ、話に乗ったかもしれません」

と言われた。またしても棄捐の令が足枷《あしかせ》になっている。やりたい者はいても先立つものがない。厄介な話だった。

定信や信明は、こうした状況をどう考えているのか、聞きたい気もした。しかしその考えは、聞かなくても予想がついた。

「それを何とかするのが、商人でござろう」

しかし「何とかする」のは、一筋縄ではいかない。

浅草川の河原にも、放置された荷船がまだそのままになっている。すでにどうにもならない船もあったが、修理さえすれば使えそうな船は少なくなかった。このままでは、朽ちさせるばかりだ。

「もったいない」

嘆きが、声になって出た。

六

翌日、三宅藤兵衛が跡取りの藤太郎を伴い、高岡藩邸へ正紀を訪ねて来た。藤太郎は凜々《りり》しい面立ちだ。

「拙者、三方相対替を、受け入れることに決め申した。十一月十日に野崎殿、大島殿に当屋敷へお越しいただき、証文を交換いたします。その上で普請奉行に届をいたしまする」

正紀と顔を合わせ挨拶が済むと、三宅はすぐに用件を切り出した。約束どおり事前に伝えに来たのである。宗家の尾張藩上屋敷へ報告をしてきた帰りだそうな。

決めたことには、宗睦も睦群もあれこれ言うとは思えない。三宅の問題だった。

正紀は、三宅が相対替を決心するまでもう少し日にちがかかると思ったが、意外に早かった。あと数日で、十一月になる。屋敷を明け渡すことには無念の思いがあるはずだが、それを言葉にすることはなかった。

藤太郎は俯き加減で、父の言葉を黙って聞いている。その胸中にはどのようなものがあるか、察するに余りあるものがあった。

「それがしも野崎屋敷と大島屋敷を、家臣の者に調べさせてござる。決めたのであればそれでよいが、一応はお伝えいたそう」

「手間を取らせ申した。かたじけない」

正紀は、青山と植村が二つの屋敷について聞き込んできた内容を話した。すぐに知らせたかったが、嵐の件で遅くなった。

三宅が反応したのは、しもた屋や長屋などを建てなくても、大島屋敷ならば地代収入が年十両は見込めるという点だった。何もしなくても決まった金子が入るのは大きいだろう。

「それがしの方でも、大島殿から、その程度は見込めるであろうとの話を聞いており申した」

二か所から聞いて、自信を深めた様子だった。

「しかし気になることもありまする」

その気になる点を正紀は告げた。

「まずは、野崎屋敷と大島屋敷の交換が、等価とは思えないことでござる」

三宅は二人の取引がどうであっても、自分には関わりがないと考えている節がある。正紀の言葉に、意外そうな顔をした。

青山と植村から聞いた話では、野崎屋敷は本所の外れにある手入れの行き届かない古屋敷だという。見に行った二人は、「釣り合わない」と口をそろえた。地貸しもできない。

小普請支配の屋敷に近いというだけが、大島の利点となる。

「いやその件については、野崎殿と大島殿の間で、すでに話がついているのでござろう」

三宅は、ほとんど関心がないといった答えだった。

「当代の大島雲平殿はよいが、先代が酒飲みでよく悶着を起こしたとか。どのようなことであったか、念を入れて聞いておくのがよろしいのでは」

相対替は、御家の一大事である。慎重の上にも慎重でなければならないと言い添えた。約定《やくじょう》を交わすのが来月十日ならば、まだ若干の間がある。普請方に届ける前ならば、話をなかったことにするのも可能だ。

しかしこれも、三宅は気にしない様子だった。

「何かがあったとしても、二十年も前に亡くなったご仁でござる。幻《まぼろし》に怯えていても、話は進まないと存ずる」

「それはそうだが」

二十年前に亡くなった人物が、今でも言の葉に乗る。正紀はそれが気になるのだ。大島家の先代の話が出たとき、俯いていた藤太郎が一瞬顔を上げた。父とは違う反応だった。それでも、何かを言うわけではなかった。

正紀が気になった二つのことは、何事もなければそれでいい話だ。正紀は、差し出がましいことは口にしなかった。

話が済んだ三宅父子は、余計な話はしないで引き上げていった。

正紀は夜、その日あった出来事を京に伝える。話すことと孝姫のあどけない姿を目にすることで、一日が終わった気がした。

「私も、正紀さまと同じことが気になります」

三方相対替について、京はそう言った。

「三宅さまは、ご自身の御屋敷のことと、得られる利益のことばかりに気持ちがいっているように思われます」

「まったくだ」

「三方相対替は、三人が納得をなさらなければ成り立ちません。大島さまは、それで納得をなさったのでしょうか」

「ううむ。こちらが知らされていない、何かの事情があるやもしれぬな」

京に言われて、思いついたことだ。

「二百五十両もの引料が動きます。さらに地貸しの件が頭にあれば、目が曇ることもないとはいえませぬ。もう少し、醒《さ》めた目で調べて差し上げてはいかがでしょうか」

三宅は動かない。住み慣れた屋敷を失う無念はあっても、新たに得られる屋敷にだけ目をやってよしとしている。

「跡取りの藤太郎さまは、住み慣れた屋敷を出るにあたっては、いろいろな思いがありましょうな」

子を育てる母親ならではの見方だった。

芝二葉町の船問屋については、強気の発言をした。高岡河岸に納屋を新たに建てるときも、あきらめるという発想は一切しなかった。

「ご府内用の船問屋を始めようとする者は必ずあります。巡り合う場を増やせばよいのです」

と尻を叩かれた。指図はしても、やるのは正紀だ。それが分かっているのかと、ふと思う。

「食べ物屋を出せば、また何かの嫌がらせがあります。ですが船問屋ならば、屈強な船乗りがいつもいます。容易くは手出しができなくなります」

口にしていることは正しかった。


昨日の夕刻まで大番屋に入れられていた寅次は、今日は竪川河岸で荷運びをした。狭い部屋に閉じ込められ、お裁きに怯えてびくびくしているのと比べたら、荷を運んでいる方がはるかに楽だった。

大番屋を出た後、ほっとした気持ちがあって六助と飲んだ。そして今日も、仕事を済ませた後で飲みたくなった。まだすっきりした気分にはなっていない。よく行く回《え》向院《こういん》門前の安い居酒屋である。

五十敲《たた》きくらいにはなるかと怯えたが、刑罰がなかったのは幸いだった。小遣い稼ぎのために、自分が悪いことをしたのは分かっていた。

「それにしても、あの与力は怖かった」

という気持ちがあるから、面通しには協力するつもりでいる。浪人者の顔はちらと見ただけだが、忘れていない。

あの顔も、思い起こせば不気味だ。やつのせいで、とんでもない目に遭った。

「ひっく」

ひとり酒を飲み終えた寅次は、千鳥《ちどり》足で長屋のある亀沢町に向かう。だいぶ飲んだから、憂さは晴れた。

回向院の門前町は賑やかだが、亀沢町へ行くには武家地を通らなくてはならない。十月も下旬になったから、夜ともなれば風は冷たい。

風に飛ばされた枯れ葉が、顔に当たった。

武家地の道は真っ暗だ。彼方に亀沢町の淡い町明かりが見えるだけだった。

背後に迫ってくる足音が聞こえた。それで振り返った。暗がりでも、侍だというのは分かった。不気味な気配に寅次は身構えた。

何も言わずに、侍は刀を抜いた。

「ひえっ」

斬られるのだとは分かったが、足が動かない。顔は見えないが、目の前に現れたのは、あの浪人者だと感じた。

「やっ」

体に衝撃が走ったと感じた直後には、意識がなくなった。

第三章　網代の駕籠

一

朝、山野辺が北町奉行所へ出仕すると、本所で殺しがあったと知らされた。本所深川方ではないから、他人事《ひとごと》のように聞いた。町奉行所では、殺しは珍しいことではない。

しかし殺されたのが一昨日大番屋から解き放しにした寅次だと聞かされると、驚きと共に苦いものがこみ上げた。

「おのれっ」

先手を打たれた。まだどこの誰ともはっきりしない敵だが、その素早さに驚き、その冷酷さに怒りを感じた。寅次は軽薄な男ではあったが、殺されていいわけではない。

他に、死人はいないという。ならば浪人者の顔を知っている寅次だけが、殺されたことになる。

ともあれ山野辺は、現場に急行した。回向院と亀沢町の中間あたりだ。夜になれば、真っ暗になる。

死体はまだそのままになっていた。飛び散った血が、枯れ葉の上に落ちている。本所深川方同心と検死役が、死体を検めていた。

山野辺も覗き込んだ。

寅次なのは間違いなかった。ばっさりと袈裟にやられている。腕利きの侍の仕業《しわざ》だ。

「岡っ引きに、殺しの場を見た者や不審者に気付いた者がいないか捜させていますが、夜のこの場所ではいないでしょうね」

同心は言った。

死体を見つけたのは亀沢町の手間取り大工で、早朝仕事に出ようとして気がついた。知らせを受けた岡っ引きが駆けつけた。

落ち葉を掻き分けて周辺を探したが、遺留物らしいものは見つからない。

山野辺は寅次の死体を同心らに任せると、放免したもう一人六助を訪ねた。すでに浅蜊の振り売りに出ていたが、竪川河岸を回っているというので、町の者に尋ねながら捜し出した。

「えっ。寅次のやつ、殺されたんですかい」

話を聞いて、六助は怯えた顔になった。寅次は浪人者の顔を見ていたから斬られたのだろうと伝えると、ほっとした顔になった。

そこで山野辺は問いかけた。

「大番屋から出て、誰かからお調べの内容について問われなかったか」

「ええ、そういえば」

六助と寅次は、顔を見かけた程度の仲だったが、共に大番屋へ押し込められた。本所へ戻ったところで、二人は煮売り酒屋へ入った。憂さ晴らしといったところである。二人で飲んでいたところに、商家の手代ふうから酒を振る舞われた。そしてあれこれ尋ねられた。

「では、寅次が浪人者の顔を見たかどうかも問われたな」

「へえ。そういえば」

「見たと答えたわけだな」

六助は神妙な顔で頷いた。

断定はできないにしても、それが惨殺の原因になっていると山野辺は考えた。手代の外見を尋ねた。

「ええと、歳は二十二、三くらいで、ちゃんとした店の手代だと思いやした」

たっぷり飲ませてもらった。初めて見る顔だった。

浪人者になった樋岡辰之進を、江戸橋で見かけた者がいた。そのときは商家の番頭と手代が一緒だったという。どちらも大店の奉公人となると、他に手掛かりがない以上、奥州屋を探らないわけにはいかない。

そこで山野辺は町奉行所へ戻って、町奉行所の控えから、奥州屋という屋号の店について調べた。範囲は、神田や日本橋、京橋全域に広げた。

「業種は異なるが、九軒あるな」

場所と主人の名を紙に記した。一軒一軒、小僧や手代、近所の者に訊いてゆくつもりだった。高積見廻りとしての役目はあるが、正紀には力を貸すと告げた。その中で関わった者が惨殺されたわけだから、放っては置けない気持ちになっている。

「樋岡辰之進という浪人者が、出入りをしておらぬか」

「いえ、そういう方は」

首を横に振られる。そして七軒目の、京橋北紺屋町の太物問屋で手応えがあった。鍛冶《かじ》橋の東で、京橋川の北河岸となる。大店や老舗の並ぶ界隈だ。

「はい。棄捐の令があってしばらくしてから、用心棒のようなお役目をしていただいています」

十六、七になる小僧が答えた。亀の手拭いを持っていて、貫心流の使い手だと話した。

主人の名は十郎兵衛で、大名や旗本の御用達《ごようたし》も受けている太物商いの大店だった。店の入口に、大名家の御用達であることを知らせる木の板が掛けられている。見ると二、三万石までの大名家が三家だった。

「主人は店の奥にいる、羽織姿の者だな」

四十前後のやり手らしい男が、二十代後半の羽織姿の番頭らしい男と話をしていた。

「そうです。話をしている相手は、三番番頭の貞之助《さだのすけ》さんです」

とりあえず、小僧を解放した。さらに店の様子を見ていると、手代姿の男が五、六人いた。周囲を歩いていると、奥州屋の店の路地から二十代半ばとおぼしい浪人者が姿を現した。

長身で身ごなしに隙の無い歩きぶりだが、荒んだ気配を感じた。隣の袋物屋の小僧に訊くと、それが用心棒の樋岡辰之進だと分かった。

棄捐の令のせいで、借金の返済ができなくなって御家人株を売らざるを得なくなった。その怒りや鬱屈《うっくつ》が身の内に溢れていたら、建物の打ち壊しや人足の殺害などわけなくできるだろう。

山野辺はもう一度、本所へ足を向けた。六助を捜して、樋岡がいる奥州屋の手代の顔を見せるつもりだった。

「付き合え。煮売り酒屋で会った手代の顔を確かめるのだ」

「へえ」

嫌がりはしなかったが、緊張した面持ちになった。寅次を斬殺した侍に繋がるかもしれない男だ。

「案ずるな。おまえだとは分からぬようにする」

山野辺は、六助に菅笠《すげがさ》を被らせ、京橋川に架かる比丘尼《びくに》橋の袂に立たせた。奥州屋の店先がよく見える。

「出入りする手代の顔をよく見ろ。煮売り酒屋で会った者がいたら教えろ」

六助は被った菅笠を斜めにして、店に目をやる。真剣な眼差しだ。まず小葛籠を担って出かける小僧に指図する手代が山野辺の目についたが、六助は違うと首を横に振った。

問屋だから、商人ふうの出入りが多い。たまにその中に、武家が交じった。御用達の家の家臣らしい。客が出入りするたびに、「いらっしゃいませ」「ありがとうございました」の声が聞こえた。

二人目も、三人目の手代も、じっと見詰めた後で違うと言った。

次に手代が二人、話をしながら出てきた。一人は前に顔を見た者だったが、もう一人は初めて見た。二十歳をやや超えたくらいの歳で、抜け目なさそうに見えた。

同じ手代の身なりで、歳も同じくらいだが、態度は明らかにもう一人に何やら指図をしている気配だった。

「あ、あの人です」

六助はその手代を指差して、掠れた声で言った。

「間違いはないな」

「でえじょうぶです。一昨日のことですから」

硬い表情は変わらないが、はっきり頷いた。それで六助を引き取らせた。役目を終えた六助は、脱兎《だつと》のごとく立ち去った。

山野辺は、そのまま移動して、前に声掛けしたのとは別の袋物屋の小僧に問いかけた。

「あの手代の名は、何というのかね」

例の手代は、今は荷車に積んだ荷について指図をしていた。

「あれは太吉《たきち》さんですね」

小僧は答えた。手代の中では若い方だが、三番番頭の貞之助からは信頼されているようだと言った。

太吉を、大番屋へ連れ込むこともできる。しかしたまたま入った煮売り酒屋で面白い話を聞いたから酒を飲ませただけだ、と言われたらそれ以上は問い詰められない。

太吉は寅次と六助が大番屋から放免されたのを、知っていたことになる。大番屋を見張らせていて後をつけさせ、煮売り酒屋へ入ったと告げられてその場へ急いだと思われる。やることに抜け目ない。

「もう少し、外堀を埋めてからだな」

山野辺は呟いた。

二

三方相対替について納得がいかない正紀は、自ら野崎家と大島家を調べ直すことにした。滝川の拝領町屋敷の件も捨て置けないが、こちらの方は期限が迫っていた。普請方に届ける前に、納得をしたかった。

これまでとは調べ方を変える。まず正国に、野崎について詳しそうな者を紹介してもらうことにした。宗睦から依頼された二件の進捗状況については、逐一伝えていた。

「そうだな」

正国は、小姓組頭の林 久三郎《はやしきゅうさぶろう》という者に文を書いてくれた。小姓衆を束ねる頭で、千石高の旗本だ。将軍に近侍して様々な用を行う小姓組は、君辺《くんぺん》第一の役である。将軍との会話もあるから、気に入られればさらなる栄達もあった。六番組まであって、野崎は林の組ではなかった。

しかし林は、小姓組頭としては古株で人脈がある。他組の動静にも通じているだろうと、正国は言った。

林屋敷へ連絡を入れると、今日の昼四つ（午前十時）なら会えるという返事があった。そこで正紀は源之助を供にして、刻限に合わせて麹町へ出向いた。

千石高だから、林の屋敷は間口が三十間（約五十四メートル）ほどだった。門番所付きの長屋門になっている。

この日は風もないのに、紅葉がはらはらと舞い落ちてきた。

正国の紹介だから、林にはすぐに会うことができた。正紀は大名家の世子《せいし》だから、客間では上座に座らされた。林は四十歳前後で、実直そうな旗本だ。源之助は部屋の隅でやり取りを聞く。

　林は組が違っても、野崎専八郎を知っていた。

「あの者は、もともと上の役目を求めるところがござった。まあそれは悪いことではないが、なかなか望みは叶わぬ」

　野崎も四十一歳だというから、先は長くない。昇進を望むならば、焦りはあったかもしれない。

「うまくいきそうもないわけですね」

「いろいろ働いていたようだが、思うようにいかない様子だった。しかし近頃ちと変わってきた」

　これは噂だがとした上で続けた。

「万事に強気になってきた。さらに金回りもよくなってきたとか」

「金回りとは」

「高額な引料を出して、屋敷の相対替をするそうな」

　いつの間にか小姓組の中でも知られて、話題になったのだとか。

「その話は、聞きました。三者の相対替で、本所から駿河台へ移るそうです」

「いかにも。引料は二、三百両になるだろうというので、多くの者が仰天いたした」

要職とされる小姓組とはいっても、二、三百両となれば大金だ。容易く出せる者はそうはいないだろうと続けた。

「野崎殿は、もともと金を持っていたのでござろうか」

「それはありませぬな。困ってはいないにしても、余分な金などあるはずがない」

「ではどこから」

三宅は、野崎には金を出す商人がついていると話していた。

「金主は誰だと組の者が尋ねたそうな。するとあの者は大店の主人だと話したそうで」

しかしそれで、新たな疑問が湧いた。

「野崎殿には、商人が大金を出すだけの何かがあるのでしょうか」

商人は、意味のない金子は出さない。

「そこでござる。組の者が不審に思ったのは」

誰でもそう思うだろう。林は続けた。

「野崎は、どこかの大きな、それこそ十万石以上の大名との関わりができたとにおわせたらしい」

「ではその大大名と関わりができたことで、商人が金を出すわけですね」

「話を整理すれば、そうなるでござろう」

「その商人が誰か、分かりますか」

　ここまで話を聞いたら、小姓組の者たちも知りたがったことだろう。

「初めは口にしなかったが、とうとう口を開いた。京橋北紺屋町の太物問屋で、奥州屋なる大店だそうな」

　どのような繋がりなのかは分からない。また奥州屋だけが金を出すのかどうか、そのあたりは不明だと言った。

　しかし具体的な店の名を聞けたのは、収穫だった。

　京橋北紺屋町へ向かう。歩きながら、源之助が問いかけてきた。

「小姓組は、直参ならば就きたい役目であるのは分かります。しかし商人が近づくならば、勘定方や普請方などではないでしょうか」

　話を聞いていて疑問を持ったらしい。袖の下を得て便宜を図るのは不正だが、小姓組では旨みがないのではないかと告げていた。二百五十両を丸々出すのならば、よほど得るものが大きくなければ釣り合わない。

「確かにそうだ。将軍に近いとは言っても、林殿は、野崎殿が取りたてて上様から目をかけられていたとは言わなかった。あえて商人が取り入ろうとするならば、組頭あたりでなければ意味がないのではないか」

正紀と源之助は、奥州屋の店の前に立った。

「なるほど、重厚な建物だな」

「周辺の大店老舗に劣りませんね」

活気のある店の様子が窺えた。店の前で水を撒いていた小僧に問いかけた。

「噂にたがわず、この店は繁盛しておるな」

「お陰様で」

侍にいきなり声をかけられて驚いた様子だが、ともあれ小僧はそう答えた。

「近く十万石の大大名の御用達になると聞いたぞ。たいしたものではないか」

「はあ」

否定はしなかった。その話は、知らされているらしい。

「どこの御家であろうか」

「さあ、それは存じませんが」

知らないのか、口止めされているのかは分からない。

「あの店の奥の帳場にいるのが、主人だな」

「そうです」

隣にいるのが初老の一番番頭で、その脇にいる二十代後半の者が三番番頭だと聞いた。

「三番番頭は、若いな」

大店ならば、もう少し歳を取らないと番頭にはなれないのではないかと考えた。

「貞之助さんはやり手ですから」

小僧は言った。三番番頭の名は覚えた。

さらに近所で、店や主人の評判を聞いた。

「商い上手ですよ。でもちょっと偉そうにしているときもありますが」

と言う者はいたが、取り立てて悪評があるわけではなかった。月行事《がちぎょうじ》も務める、町の旦那衆の一人だ。夜回りの折には、人も酒も出すそうな。

三

奥州屋での聞き込みを済ませたところで、源之助が正紀に言った。

「河原にあった破船は、どうなっているでしょうか」

「そうだな」

野崎について、さらに調べる手立てが浮かばない。それならば、破船の様子を見ておこうかという気持ちになった。

日本橋川や京橋川では、さすがに破船は片付けられている。けれども他は、どうだか分からない。

鉄砲洲の浜に出てみた。ここにはまだ、多数の破船が横たわったままだった。途中で見てきた八丁堀《はっちょうぼり》や亀島《かめじま》川も同様だ。

船の修理をしている中年の船頭らしい男がいたので、正紀は声をかけた。船大工ではなく、破損した船を自分で直しているところらしかった。

「どうだ、うまく直せそうか」

「まあ何とか」

「船の修理は難しかろうな」

「あっしのは、戸立《とだて》のところだけだから、どうにかなりそうだが、素人じゃあどうにもならねえものもある。熟練の船大工だから、すべて直せるわけでもないけどよ」

船尾の一部を撫でながら、男は返した。

「船大工は足りないと聞いたが」

「いや、足りねえわけじゃねえですよ。直さなくちゃあならねえ船が、多すぎるってえことでさあ」

「直せぬ者は、困っているであろう」

「そりゃあもう。爺さんなんかは、あきらめて売る者がいますぜ」

前に浅草川の西河岸を回ったときは、初老の船頭から破船を買わないかと言われた。

「買おうという者がいるのだな」

「破損の具合が軽いものなら、買おうという者はいますぜ」

「そうか。船問屋でもするのか」

少し驚いた。同じようなことを考える者が他にもいることになる。

「船問屋をするかどうかは知りやせんがね、安く買い叩いて直して売ろうというやつはいるでしょう」

「それはそうだ」

ただでは転ばない。商人は実に逞しい。

「災害も、金儲けの種にしようという者がいるらしい」

「こちらも、同じようなものですが」

正紀の言葉に、源之助が返した。

「似ているが、そうではないぞ。我らは破船を利用して、難渋しているご府内輸送の役に立とうとしている。金儲けもするが、それだけではない」

「なるほど、そうですね」

船の様子を見ていく。状態のいい船もあった。

「金さえあれば、藩で買えるのですが」

源之助は悔しそうに言った。

「若殿様」

正紀に声をかけてきた者がいた。濱口屋の次男幸次郎だった。

「どうしたのだ」

ここで出会うとは意外だ。

「破船を見ていました。それでご府内用の問屋をしようという店は、見つかりましたか」

幸次郎から脈のありそうな四軒の船問屋を教えてもらっていた。

「せっかく有力な問屋を挙げてもらったのだが……」

「残念でございましたね」

口ではそう言ったが、ほっとしたような様子も幸次郎からは窺えた。そして話題を変えた。

「ご府内の輸送をする荷船の手当てが、相変わらずつきません。これはしばらく続くでしょう」

前にも同じようなことを口にしていたが、今日の方がより深刻な口ぶりだった。江戸に着いてからの荷船を手配する幸次郎の仕事がいよいよ切羽詰まったのだろう。

「それでどうしてここへ」

正紀は同じ問いを繰り返した。

「いい船があれば、一艘くらい買ってもと思いました」

だから船の具合を見ていたのだ。

「その方が、ご府内を運ぶ船問屋をやる気はないのか」

「私がですか」

わずかにまんざらでもない顔をしたが、すぐに首を横に振った。

「おとっつぁんは、やらないと話したと聞きましたが」

ややむっとした顔になって答え、早口で続けた。

「問屋の看板を掲げるならば、二艘や三艘ではどうにもなりません。芝二葉町の家賃を払うことはできません。十艘以上はないと」

家賃を払えないのは困る。幸次郎は、本心ではやりたいのかもしれない。けれども幸右衛門には止められている。自分に言い訳をしているようにも感じた。

「そういえばもう一軒、話に乗ってくれるかもしれない船問屋が浮かびました」

にわかに何かを思い出した顔になって、幸次郎は言った。

深川相川町《あいかわ》の蔵根屋《くらね》という、江戸川を使って利根川の各河岸場へ荷を運ぶ船問屋である。高岡河岸も使ったことがあるとか。ここの若旦那市太郎《いちたろう》は、幸次郎とは数年前からの知り合いだと告げた。

「一緒に参りましょう」

勧められたので、同道することにした。紹介された船問屋はすべて断られていたので、さほど期待はできない。しかしもしもということもある。

相川町は、永代橋の南で大川の河口に近い町だ。濱口屋と同じくらいの規模の問屋だった。

幸次郎が一緒だったので、主人と若旦那市太郎とはすぐに面談することができた。こちらの身分を伝えているので、商談用の部屋へ通された。香りのいい茶が運ばれてきた。

ご府内用の廻船には難渋しているという話を聞いた上で、正紀は先日行った四軒でしたのとほぼ同じ内容の話をした。父子は頷きながら最後まで真剣な表情で聞いた。

「ご府内用の船問屋を開くには、確かに好機ですな」

主人は言った。採算が合うかどうか、思案している様子だ。

「船の修理は高岡藩でするという話ですが、船大工の腕は確かでしょうね」

市太郎が念を押してきた。肝心な点で、まともな反応だった。

「ご存じの通り、当家が差配する高岡河岸には多くの船が着岸する。その船の修理をしてきた者を江戸へ呼ぶ。船大工としての腕は、案ずるに及ばぬ」

正紀は胸を張って答えた。

「店賃ですが、もう少し何とかなりませんか」

主人は、それならば考えてもいいという顔だった。金詰まりのこの時期だから、少しでもかかる費用を少なくしたい気持ちは分かる。

「では町屋敷の店賃の年二百両を百八十両にいたそう」

これくらいは、譲っても仕方がない数字だ。高岡藩の実入りは減るが、背に腹は代えられない。蔵根屋父子の、本気を感じた。

「芝二葉町の建物を見てはどうですか」

と提案したのは、幸次郎だった。行くならば、ついてくる気らしい。

「行きましょう」

市太郎が応じて、主人も含めて皆で芝二葉町へ足を向けた。

汐留川河岸には、水や船で傷ついた建物が少なくなかった。そのままになっている家もあるが、修繕が進んだところもあった。何事もなかったように商いを再開させている店もあるが、破損したまま空き家同然になっている建物もあった。

河原にはまだ、破船が横たわっている。けれども無傷だった荷船は、輸送を再開させていた。荷運び人足の掛け声が聞こえる。人や荷車の通行は、もとに近い数に戻っていた。

蔵根屋の主人と市太郎、それに幸次郎は、丁寧に建物と土手、船着場を検めた。

「場所も建物も悪くないと存じますが、腑に落ちないことがあります」

「何でござろう」

「水の害は仕方がないと思いますが、ここの建物は前から空き家と聞きました。何かわけがあるのではありませんか」

ここで商いをしようとするならば、疑問を持つのは当然だ。そこがはっきりしなければ、話は進められない。

市太郎は若いが、しっかりしている。三方相対替を進める三宅は、こういうところが甘い。

「執拗な嫌がらせがあった。それについては、こちらで片をつけてから使ってもらうことになる」

二軒が蕎麦屋と煮売り酒屋だったこと、そして受けた嫌がらせについて、事実をありのままに伝えた。長く使ってもらいたいから、隠し事はしない。

「なるほど、飲食をさせる店ならば迷惑だったでしょうな」

蔵根屋がやるのは船問屋だから、事情が違う。重大な障害になるとは感じなかったようだ。

さらに市太郎は、町の者にも問いかけをした。船頭や荷運び人足など、気の荒い者はいるが、悶着を起こす者は少ない。質《たち》の悪い破落戸のような者は住み着いていないことなどを確かめた。

「数日、考えさせてください」

市太郎は主人と顔を見合わせた上で、正紀にそう言った。

「思案するのは当然だ」

このやり取りを、幸次郎は少し羨ましそうな面持ちで見ていたのに正紀は気づいた。

正紀が屋敷に戻った後の夕暮れどき、山野辺が訪ねて来た。

「おい。今日はとんでもない一日だったぞ」

顔を見るなり言った。

「何があったのか」

「拝領町屋敷の打ち壊しをした二人を放免したが、今朝、その内の寅次が惨殺死体となって見つかった」

「そうか。素早い動きだな」

目に見えぬ敵の、手際の良さに驚いた。

六助は狙われておらず、調べを続けて樋岡辰之進の居場所が分かったという話だった。

「殺《や》ったのは、樋岡に違いない」

「樋岡はどこにいるのだ」

「京橋北紺屋町の太物問屋奥州屋だ。そこで用心棒をしている。寅次殺しには、手代の太吉が絡んでいるのは明らかだ。もう一人の六助に面通しをさせたからな」

「そうか」

北紺屋町の奥州屋と聞いて、もう一度驚いた。三方相対替の一人、野崎専八郎に金を出す商人だった。こちらの驚きの方が大きい。

三方相対替と滝川の町屋敷への嫌がらせが、奇妙なところで繋がった。

「いったい、何があるのか」

ともあれ、互いが持つ情報の詳細を伝え合った。三方相対替の野崎と町屋敷への嫌がらせがどう繋がるかは、今分かっていることだけでは判断のしようもない。ただどちらも奥州屋が絡んでいる。

山野辺の知らせは、大きかった。

「済まぬな。おまえも多忙な折であろうに」

正紀は礼を言った。主だった河岸道や土手は片付きつつあるが、まだまだ水害の痕跡は市中の至る所に残っている。そんな中で、力を貸してくれた。

「いやいや。寅次を死なせたのは、無念であった」

山野辺は奥歯を強く嚙みしめた。

「ここまで助けが得られれば充分だ。これからは高岡藩だけでいたそう。しばらくは高積見廻りの役目に専念いたすがよかろう」

正紀が言うと、山野辺もほっとした表情になった。

四

正紀の一日は、京の部屋を訪ねることで終わる。その日の出来事を、京に話すことで見えなかったことが見えてくることもある。

部屋へ入ると、いつもは賑やかな孝姫は眠っていた。正紀は顔を近付け、幼子が吐いた息を深く吸う。それでほっとした。

それから京に一日の出来事を、山野辺から聞いたことも含めて伝えた。

「蔵根屋の話が決まるとよろしいですね。何事もあきらめないことが肝要でございます」

京はいつものように説教臭くなった。

問題は、奥州屋の件だ。分かっている事柄を並べ、京と整理したかった。

「拝領町屋敷を壊そうと図った者は、持ち主が滝川さまと分かった上でしているのでしょうか」

京が最初に発した疑問だった。正紀は、まだ考えてもいなかった。

「滝川様の拝領町屋敷は、普請方や町の自身番へ行けば確かめられるであろう」

「ならば知っていると考えた方がよさそうですね」

大番屋を出た寅次をつけるくらいに周到な者ならば、調べたと考えるべきだろう。

しばらく思案する様子を見せてから、京は口を開いた。

「太物問屋奥州屋と旗本野崎専八郎さまがいて、これに十万石を超す大名が絡む話です。しかもどうやら、大奥御年寄の滝川さまとは異なるお立場の方のようです。心当たりは、ございませぬか」

「うむ」

そう言われて浮かぶのは、一人だけだった。

「松平定信様ではないか」

「はい。ですが定信さまがなさるには、事が小さすぎると存じます」

定信の意に添う流れだが、定信が絵図を描いたとは思えない。

「なるほど。ならば家中の者か」

定信との訣別を決めた尾張徳川家一門の意を受けて、正国が奏者番を辞す決意をした後、高岡藩上屋敷に付け火がされ、正国への襲撃もあった。その一連の事件の陰には、定信に媚びを売る侍や商人たちがいた。

「そうなると、どういう企みとなりましょうや」

「…………」

　しばらく考えてから応じた。

「三方相対替の三宅殿は尾張徳川家一門だ。そして滝川様は、尾張徳川家とよりを戻そうとなさっている」

「そうなりますね」

「三方相対替には、まだ見えぬが何か罠が仕掛けられている気がする。野崎屋敷と大島屋敷では、どう考えても等価交換とは思えぬ」

「三宅さまが、騙されているかもしれないわけですね」

「そうだ。三宅殿を何らかの形で嵌めようとしていると考えられるぞ」

「滝川さまの拝領町屋敷が使い物にならなければ、任された尾張は面目を失いますね」

「駿河台の屋敷を失う三宅殿は、酷い目に遭う。尾張徳川家一門の勢力を、少しずつ削いでゆく算段か」

　声が大きくなった。

「見えてきましたね」

「ううむ。ただそうなると、奥州屋の向こうにいる黒幕を炙《あぶ》り出さなくてはならぬな」

　これで、次のこちらの動きが決まった。

　翌日正紀は、源之助を伴って北紺屋町の奥州屋へ出向いた。吹き止まぬ風に紅葉も落ちていく。葉のない枝が目につく。その代わりに柿が色づいてきた。

　店の前に着いた正紀は、隣の袋物屋の小僧に声をかけて、主人十郎兵衛と番頭貞之助、手代の太吉、さらに用心棒樋岡の顔を確かめた。そしてそれぞれの動きを探る。

　青山と植村には、野崎専八郎を見張らせている。

「三方相対替も、証文を交換し普請方に届けるだけになった。いよいよ大詰めだが、必ず何か裏がある。我らが突き止めねばならぬ」

「はい」

　正紀の言葉に、源之助は頷く。

「また滝川様の拝領町屋敷への嫌がらせも、寅次を殺し追及を逃れようと図っている。もはや嫌がらせでは済まない。船問屋の話が進めば、新たな企みを仕掛けてくるに違いない。ならば必ず黒幕と繋ぎを持つはずだ。その機会を見逃してはならぬ」

　そう付け足した。黒幕には白河藩の重臣が考えられることも伝えた。

一日や二日の見張りでは、済まないかもしれない。道にいては怪しまれるので、町の木戸番小屋に潜むことにした。山野辺の名を出し、どこを見張るとは告げなかった。

番人は迷惑そうな顔をしたが、一日銀五匁を払うと言うと承諾した。

もったいない気がしたが、仕方がない。宗睦から、調べに使えと受け取った二両の内から支払う。

木戸番小屋からは、奥州屋の店がよく見えた。

外出が多いのは、番頭の貞之助と太吉ら手代だ。貞之助と太吉が出かける場合は、源之助がつけた。

その日は、貞之助ら主だった者に不審な動きはなかった。町木戸が閉まる刻限には引き上げた。

次の日も、何事もなかった。野崎も登城はしたが、それ以外の動きはなかった。

数日後の夕刻、ようやく動きがあった。小僧が辻駕籠を二丁、店の前に呼んできた。

「今日あたり、何かあると思いました」

源之助は目を輝かせた。

駕籠に乗り込んだのは、十郎兵衛と貞之助だった。深編笠を被った樋岡が供についた。太吉は店にいる。

　正紀と源之助は、二丁の駕籠をつけた。

「えいほ、えいほ」

　駕籠は北へ向かってゆく。日本橋川を渡ったところで、樋岡が駕籠から離れた。源之助がどうするかと尋ねてきたが、このまま駕籠を追うことにした。

　八つ小路に出て、さらに昌平橋《しょうへい》を北へ渡った。徐々に薄暗くなってゆく。先棒に吊るした提灯が、前後左右に揺れた。このあたりから武家地になる。

　水戸藩上屋敷の裏手を抜けて、伝通院の表門前も過ぎた。そして駕籠は、大塚《おおつか》方面へ向かう道に入った。

　武家屋敷が続く人気のない道だ。そこでいきなり、二人の前に立ち塞がる者が現れた。深編笠の侍だ。薄暗がりで衣服の色柄は分からないが、浪人者と思われた。

「ご無礼をいたす」

　と声をかけてきた。殺気は感じない。襲おうとしているようには思えない。二丁の駕籠は去ってゆくが、前を塞ぐように立っているので立ち止まらざるを得なかった。

「何か」

　面倒なことならば、源之助を置いて先に行くつもりだ。

「伝通院は、どちらでござろう」

やや間を空けてから言った。その間が、まどろこしかった
「そこだが」

分かり切ったことを訊くと思った瞬間、浪人者はつつと後ろへ下がり身構えた。しかしまだ、殺気を感じさせたわけではなかった。

だがその間にも、駕籠は遠ざかってゆく。

「その方、樋岡だな」

正紀が告げると、身構えた浪人者の体に、微かな動揺が走った。しかしそれは一瞬だった。刀は抜かず、そのままさらに身を引いて逃げ出した。

樋岡だとは、確認できない。

「追え。ただ斬り合いはするな。見逃したら上屋敷へ戻れ」

斬り合いをすれば、源之助では勝てない。大事な命を、粗末にはできない。

「はっ」

源之助は浪人者の逃げた先を追った。正紀は駕籠が進んだ方向へ駆けた。闇が濃くなってゆく。

「くそっ」

二丁の辻駕籠は、武家地の暗がりに紛れてしまった。

見張っていたこと、あるいはつけていたことに気付かれたらしかった。正紀は仕方がなく上屋敷へ引き上げた。

上屋敷へ戻ると、しばらくして源之助も帰ってきた。

「見失いました」

無念そうに言った。

そして間を置かず、青山と植村も顔を見せた。

「野崎が夕刻、馬で屋敷を出ました。追いかけたのですが、追い切れませんでした」

道行く者に騎馬の侍を見なかったかと訊いて走ったが、どうにもならなかったという。

「やつらが集まりを持ったのは間違いありません。惜しいことをしました」

源之助が言うと、青山と植村も頷いた。どこで会ったか、せめてそれを知りたかった。

「そこには、白河藩の重臣もいたのであろうな」

正紀は呟いた。せっかくの機会を、失ってしまった。

五

一同ががっかりしているところへ、睦群から正紀への文が届いた。兄からの文などめったにないから、驚いた。

薄っぺらな文だ。ともあれ開いた。文面は用件のみで、あっさりしたものだった。

明日の朝五つ（午前八時）過ぎ、大奥御年寄の滝川が城を出て、家斉公正室の寔子の名代で薩摩《さつま》藩上屋敷へ行くとか。急に決まったことで、食事や芝居見物はない。しかし四半刻ほどならば薩摩藩邸で会えるので、出て来いとの連絡だった。

薩摩藩島津《しまづ》家七十七万石の八代藩主重豪《しげひで》は、寔子の実父である。寔子は右大臣近衛《このえ》経熙《つねひろ》の養女となったのち、家斉の正室（御台所）となった。外様大名の娘が将軍家の正室になったのは前代未聞だ。

したがって寔子と重豪の関係は密で、御年寄の滝川がお使い役として薩摩屋敷を訪れるのは珍しいことではなかった。

睦群は、宗睦からの書状を滝川に渡すことになっていた。これは他の者の手を経ないで渡せるので、極秘の書状となる場合が多い。もちろん中身は正紀には知らされない。

　正紀が滝川に会うのは、そのついでという形だった。睦群の厚意と言っていい。

　話を伝えた正国が言った。

「それは滝川殿も承知であろう。ならばやはり、その方を嫌ってはおらぬぞ」

　何であれ、会う機会を多くしておく方がいい、との意見だった。気は重いが、芝二葉町の拝領町屋敷がどうなっているか、ここまでの経緯を伝えておかなくてはと思った。

「薩摩藩が、尾張藩の付家老が滝川に会う便宜を図る意味は大きいぞ。重豪殿が反定信派だと推しはかれるからな」

　薩摩藩は、正式には立場を明確にしていなかった。

　ともあれ薩摩藩邸へ行く旨の返書を、睦群まで届けさせた。

「町屋敷については、ありのままを話すしかないが、他のことは何を話したらよいか見当もつかぬぞ」

　京の部屋へ行った正紀は、さえない気持ちでそう漏らした。どっと疲れた、芝居見物のときのことを思い出す。

　すると京は、ふっと笑い、口を開いた。

「老若を問わず、女子を上手に扱えぬようではしょうがないですねえ」

聞いて正紀はむっとする。妻女にそう言われる筋合いはない。女は京しか知らない。

「それがまずいか」

という気持ちだ。また滝川の扱いで狼狽《うろた》えている自分も、情けない気がした。

どう言おうと、若い女子と親しくしたら、京はどうなるか。考えるとぞっとする。

翌日京は、侍女を使い、桐箱に入った船橋《ふなばし》屋織江《おりえ》の練羊羹《ねりようかん》を用意した。滝川への手《て》土産《みやげ》にするためだ。

「美味しいものは常々お召し上がりでしょうが、これは正紀さまの気持ちとしてお渡しなさいませ」

と告げられた。前夜は言い負かされたが、配慮はしてくれた。

正紀は源之助と植村を供にして、芝新馬場《しばしんばば》の薩摩藩上屋敷へ赴いた。尾張藩上屋敷には及ばないが、さすがに大藩の長屋門は壮麗だった。使われている材木の太さや、凝った意匠には目を瞠《みは》った。

すでに話は通っていて、門番所へ来意を伝えるとすぐに屋敷内に通された。十二畳の客間である。しばらくして、睦群も姿を見せた。

「顔が、こわばっているぞ」

会うなり言われた。

「はあ」

「笑え」

無茶なことを命じられた。精いっぱいやってみたが、どのような顔になったか自信はなかった。

衣擦《きぬず》れの音がして、襖《ふすま》が開かれた。滝川が現れると、部屋の中が明るくなった気がした。源氏車《げんじぐるま》の縮緬《ちりめん》の打掛を身につけている。前に会ったときは、打掛の色や柄を見るゆとりがなかった。

「今は分かるぞ」

と思うと、少し胸のつかえが下りた。記憶にある化粧と鬢付け油のにおいが、鼻をかすめた。

挨拶を済ませると、睦群は書状を手渡した。宗睦からの型通りの口上も伝えた。その間滝川は、正紀には一瞥も寄こさなかった。いない者のように振る舞っていた。

正紀は二人のやり取りを見ている。滝川は若くはない。ふくよかだがきつい眼差しをしている。しかし今でも、充分に美しかった。

睦群の用が済んだ。

「つぎは、こやつの話を聞いていただきまする。お伝えしたいことがあるようで」

「はい。聞きましょう」

ここで初めて、滝川は正紀に目を向けた。にこりともしない。深々と頭を下げると、わずかな黙礼を返しただけだった。「ご機嫌麗しゅう」などの追従は言えないので、すぐに用件に入った。

「先の大潮の日に、嵐による高潮が重なった折、汐留川も水位が上がり土手から水が溢れ出ました」

まずはその折の状況を伝えた。町屋敷は土嚢を積んで守ったが、川から外に流された船がぶつかり合ったり、建物に突っ込んだりした模様を話した。

「では多くの船が、破損したのであろうな」

「直せば使えるものもありまする。それを使って、滝川様が拝領なされた町屋敷で船問屋を始められたらと考えております」

水上輸送のおおまかと、ご府内輸送を請け負う船が足りなくなっている状況を伝えた。

「なるほど。不足の機を見て、商いを興すわけじゃな。船問屋はおもしろそうじゃ。そなたが考えたのか」

「ははっ」

知恵を出したのは京だが、それを話せば長くなる。ただこれで、滝川は正紀の目論《もくろ》見《み》を認めたことになる。もう後戻りはできない。

「土嚢は、どうしたのか」

嵐の夜の話題に戻った。拝領町屋敷に土嚢の備えはなかった。それで尋ねたのだろう。

「下谷の上屋敷から運びました」

あれは命懸けだった。ただそのありさまを話すつもりはなかった。役目は町屋敷を守ることだ。滝川も尋ねなかった。

「そのときに、建物を打ち壊そうとした者がいたわけじゃな」

「はい。二人捕らえましたが、その内の一人は斬られました。背後に黒幕がいると考えるべきかと存じます」

「それが大大名の重臣で、大店の奥州屋が絡んでいると考えるわけか」

「さようで」

「大大名とは、誰だと考えるのか」

「それを炙り出したいと考えておりまする」

はっきりしない以上、名は出せなかった。しかし滝川ならば、それで予想がついたのではないかと正紀は思う。

そこで奥州屋に見張りをつけ動きを探ったこと、主人と番頭が駕籠で外出をしたが、謎の浪人者の出現で、つけることができなかった顚末も話した。

「奥州屋を乗せた駕籠は、大塚方面へ向かって行ったわけじゃな」

「そうです」

ここで滝川は、何か考えるふうを見せてから口を開いた。

「ならば大塚町に、本傳寺《ほんでん》という日蓮宗《にちれん》の寺がある。松平越中守《えっちゅうのかみ》殿はここの住職とは昵懇《じっこん》でな。老中職に就く前は、度々訪ねていたらしい」

「ほう」

「たいそうあのあたりを気に入られたようでな、抱屋敷《かかえやしき》を持ちたいと考えておいでのようじゃ」

「………」

滝川は大事なことを言おうとしている。正紀は固唾を呑んで次の言葉を待った。

「境内の一部を借りて、そこに別邸を建てた」

「さようで」

高岡藩のような小大名はともかく、定信ならばそれくらいのことはできそうだ。正紀には、思いもつかない話だった。

同時に滝川はとんでもないことを知っていると驚いた。大大名ならば、将軍家から拝領する上屋敷や中屋敷、せいぜい下屋敷くらいなら場所は分かるが、別邸の場所までは知らないのが普通だ。

相手は老中首座とはいえ、どうしてそこまで知っているのか。不気味にも思えてきた。

正紀の驚きは無視して、滝川は続けた。

「別邸には庭も客間も整えられ、客を招くのに使うとか。御年寄の高橋が、もてなされたという話を聞いたことがある」

不快そうな顔になって言った。高橋という御年寄は、定信派の者だ。滝川は江戸城大奥の中で、下の者を使って敵対する相手の動きを探っているのかもしれなかった。

大奥での権力争いの熾烈さを、垣間見《かいま》た気がした。

四半刻は瞬く間に過ぎた。滝川が腰を浮かせたところで、船橋屋織江の練羊羹を差し出した。

「ほんのお口汚しではございますが」

滝川は品に目をやった。

「船橋屋織江か、わらわの好物じゃ」

そう言い残すと、部屋を出て行った。最後まで笑顔を見せることはなく、ねぎらいの言葉や土産の品の礼などは一切口にしなかった。

襖が閉じられた後で、正紀は「ふう」とため息を吐いた。滝川と会うと疲れる。

六

滝川との対面は疲れたが、定信の別邸が小石川《こいしかわ》大塚にあると教えられたのは正紀にとって収穫だった。薩摩屋敷を出たところで、源之助と植村にその話を伝えた。

「なるほど。駕籠が向かった方向は、大塚でございましたな」

源之助が得心のいった顔で返した。

「では、すぐにも参りましょう」

植村は意気込んでいた。野崎屋敷を見張っていながら、馬で逃げられた。悔しい思いを抱えていたようだ。

　昨夜のことだから、周辺で聞き込みをするならば早い方がいい。大塚あたりは護国《ごこく》寺にも近く町もあるので、二丁の辻駕籠や騎馬の侍を覚えている者がいるかもしれない。

「よし、参ろう」

　芝からだと距離はあるが、それを億劫《おっくう》には感じなかった。

「滝川様は、すぐに白河藩が浮かんだようですが、やはり大奥では、定信派と反定信派が鎬《しのぎ》を削っているのでしょうか」

　歩きながら対面の模様を伝えると、源之助が言った。

「女の争いは、怖そうだな」

　滝川のような女が多数いて競い合っているのを目にしたら、男は心穏やかでは済まないかもしれない。

　芝口橋、京橋、日本橋と渡って、昌平橋も北へ渡った。伝通院を過ぎると、深編笠の浪人者が現れた場所に出た。何も起こらないまま歩いて、小石川大塚町へ出た。彼方に、護国寺の杜が見えた。

　表通りにあった豆腐屋で聞いて、本傳寺山門前に立った。

「門構えも立派ですが、敷地も広そうです」

「まことに。二千坪はありますね」

源之助の言葉に植村が応じた。どちらもため息混じりだ。

近所の豆腐屋で、改めて問いかけをした。

「ええ、昨日の暮れ六つ（午後六時）頃に、辻駕籠二丁と馬に乗ったお武家が通りました。本傳寺の山門を潜りましたね」

初老の豆腐屋の主人が言った。

「他に寺へ入った者はいたか」

「さあ。出入りはあったと思いますが」

見ていなかったようだ。それで青物屋の店先にいた中年の女房にも問いかけた。

「お武家さまは通ったと思いますよ。だって敷地の中には、お武家さまのお屋敷もありますから」

それでは、求めている答えにはならない。ただ二丁の辻駕籠と騎馬の侍が来たことは覚えていたから、奥州屋と野崎が来たのは確かだと思われた。

もう一人、酒屋の主人に訊くと、上士が乗る網代の駕籠が入るのを見たと言った。二十代前半の侍と、中間が供についていたそうな。侍は、浪人者の姿ではなかった。

「駕籠の主は、偉いお侍さんだったと思いますね。夕刻になる少し前でした」

駕籠の主が、奥州屋や野崎の相手をした者に違いない。

「その駕籠は、昨日のうちに寺を出たのか」

「さあ、私は気がつきませんでしたが」

それでももう一度訊き直したが、網代駕籠が寺から出たところを見た者はいなかった。

寺の敷地に入って、定信の別邸を確かめた。五百坪ほどの広さだが、冠木門があって、垣根の向こうに瀟洒《しょうしゃ》な建物が見えた。

「門から出てくる中間や若党あたりがいたら、尋ねられるのですが」

源之助がじれったそうに言った。

ともあれ、屋敷の様子を窺うことにした。誰かが出てくるかもしれない。待っている間にも枯れ葉がはらはらと舞い落ちてくる。

そして一刻（二時間）ほど待って、門扉が軋み音を立てて開かれた。出て来たのは、網代の駕籠と供侍、それに中間だった。供侍は、聞いていた通り二十二、三歳の身なりのきちんとした侍だった。侍たちは、屋敷に泊まったようだ。

正紀ら三人は離れ離れになって、網代駕籠をつける。

急ぐ歩みではない。伝通院前を通って、昌平橋を南に渡った。駕籠が停まったのは、北八丁堀にある白河藩の上屋敷だった。

駕籠が入ると、すぐに門扉は閉じられた。

「これでは駕籠の主を、確かめられませんね」

がっかりした様子で、源之助が言った。正紀も同じ気持ちだったが、このとき潜り戸から三十歳前後とおぼしい中間が外へ出てきた。早速一同は中間を取り囲むようにして近づいた。

正紀が中間に多めの小銭を握らせてから問いかけた。

「いま、駕籠で屋敷に入られたのは、どなたであろうか」

「御用人の河鍋丹右衛門様ですが」

銭を握らされた中間は何を訊かれるのかと身構えた様子だったが、この程度ならと、ほっとした顔だった。

白河藩では、用人は家老に次ぐ重臣だ。そういえば先日、尾張藩上屋敷ですれ違ったことを思い出した。その折の顔が、頭に浮かんだ。

「供侍は、どなたであろうか」

歩く隙のない身ごなしから、相当の剣の遣い手だと感じていた。

「河鍋様のご家臣です。須黒啓之助《すぐろけいのすけ》様という方です」

藩士ではなく、河鍋家の家来だそうな。屋敷内のお長屋の一つを使って暮らしている。

一同は顔を見合わせた。黒幕の姿が、ようやく見えたのである。

高岡藩上屋敷に戻った正紀は、正国と佐名木に滝川と面談した首尾と、小石川大塚の白河藩別邸まで行ったことを伝えた。その上で正国に、河鍋の人物評について教えを乞うた。

「あれは定信殿の片腕で、策士だという評判だ。ただ強引なところがあり、出世への思いも強すぎる男だ」

「はあ」

「上に気に入られようと、出過ぎた真似をすることがあるという話だ」

定信が命じないことでも、忖度《そんたく》してやってしまうという。

「狡猾なやつですね」

「そうかもしれぬ。今は用人だが、家老になれる家柄だ。それを目指して動いているのではないか」

家臣の須黒啓之助については知らないと言った。

「大塚の別邸で、新たな企みを練っていたのは間違いありませぬ。それを踏まえて、動かなくてはならぬでしょう」

佐名木が続けた。

もちろん船問屋の件も、併せて調べを進めなくてはならない。滝川も船問屋を開くことを認めた。まだ蔵根屋が首を縦に振ったわけではないが、船の修理をする橋本利之助を江戸へ呼ぶことにした。

京の部屋へ行くと、早々に滝川との面談の首尾について問われた。案じていたようだった。

「手土産も渡した。大水に遭った町屋敷のさまも伝えた。しかしな、にこりともしなかった」

不満が漏れた。

「それは当然でございましょう。気位の高い身分のある女子ならば、そうなりましょう」

冷ややかな口ぶりだ。

「そなたもそうではないか」

という言葉は呑み込む。

「しかし船橋屋織江の練羊羹は、好物だと言ったぞ」

京はそれで、表情を緩めた。

「滝川さまは、正紀さまを気に入っておられます。大奥の御年寄ならば、その程度の進物は少なからずあるでしょう。それなのにわざわざそう仰《おつしや》ったのならば、礼のつもりだったと思われます」

「そうか」

滝川は大奥で、気の張った暮らしをしている。一度会っただけの者に、親し気な態度を取るわけがない。

「女子の気持ちについては、まだ修業が足りのうございますな」

と決めつけられた。ならば修業をしてやるぞと思うが、どこでどうすればいいかの見当もつかなかった。

第四章　裏切り旗本

一

正紀は青山と植村に、河鍋家の家士《かし》須黒啓之助について調べるように命じた。大塚の別邸の件で、河鍋と奥州屋が組んでいることはほぼ明らかになった。河鍋が自ら動くとは考えられない。連絡や実行は須黒にやらせると踏んでいた。手掛かりがあるわけではない。しかし奥州屋への出入りはしているはずだから、その辺りから洗えと命じた。

そして正紀は、三方相対替にまつわる不審点を明らかにするために、源之助を供にして調べを進めることにした。

いよいよ十一月になった。三方相対替の約定を交わし、普請方へ届ける日が迫った。

ぼやぼやしてはいられない。

まず向かったのは、本所の野崎屋敷だった。ここへは嵐の直前に、青山と植村が来ていて、その報告は受けていた。しかし自分の目でも見ておかなくてはと考えた。

本所も外れの武家地は、建物が古びていて修理もままならない屋敷も多い。庭では花ではなく、作物を植えて食の足しにしているところが目についた。人通りもめったになくて、枯れ落ち葉が風に舞っている。

彩りは、庭の柿の実が目につくくらいだった。

「おお、これが野崎屋敷ですね。確かに敷地は、七百坪以上はありそうですが」

屋敷の前に立ったところで、源之助が言った。

「長屋門も界隈では一番大きいが、どこかうらぶれているな」

野崎がここを出たがる気持ちは、よく分かった。

屋敷を見ながら、正紀と源之助は話をした。

「ここへ入る大島様は、どのようなお気持ちなのでしょうか」

三方相対替は、嫌ならば断ることができる。それをしない大島の気持ちが、源之助も得心しがたい様子だった。

「いかにも。屋敷替がない限り、末代までここに住むわけだからな」

これは正紀が最初に話を聞いたときから気になっていたことだ。実際に屋敷を目の当たりにして、ますますその疑念は大きくなった。

大島は役付きになるために、管轄の小普請支配の屋敷近くへ移りたいと話したと聞くが、それだけの理由でここへ移ってくるか……。青山の屋敷がよほど酷いならばあり得るだろうが、青山や植村の話ではそれはない。

「三宅殿は移った青山の屋敷で、土地を貸して地代を得ようとしている。それは分かるが、なぜ大島殿は今の屋敷で地貸しをしなかったのか。何よりもそこが、腑に落ちない」

「まさしく、そうですね」

「貸していれば、毎年十両が入るのだぞ」

「それがあれば、家計は助かりますね」

目の前の屋敷では、貸したくても借り手は現れない。

犬を連れた御家人らしい中年の侍が通りかかったので、問いかけた。着流しで、月代《さかやき》もひげも伸びている。いかにも無役らしい外見だった。

大島が近づきたいとしている、小普請支配の評判を訊いた。

「ああ、あの支配か。まあ近くにいるからといって、役に就けてくれるわけではない。

それなりの付け届けがないとな」

不貞腐《ふてくさ》れたような口ぶりで言った。同じ小普請支配のもとで、役を貰えず苛立《いらだ》っているのかもしれない。

「ここへ移る利は、ないのでは」

犬を連れた侍が立ち去ってから、源之助が言った。さらに続けた。

「大島殿は、知らないのでしょうか」

「小普請支配とは、昨日今日の関わりではないだろう。そのくらいのことは、分かっているのではないか」

ただそうなると、疑問は深まる。

それから正紀と源之助は、青山に向かった。本所と青山では、確かに距離がある。しかし小普請支配の屋敷に通うにしても、無役の身ならば時間はいくらでもあるはずだった。

大島屋敷の前に立った。

「梅窓院観音には、ずいぶん参拝客がいますね」

周囲を見回しながら、源之助は言った。

青山界隈も城から離れていて、鄙びた風情がある。しかし梅窓院近辺には参拝客もあり、大店老舗とはいえないにしても小店が並んで商いをしていた。荷車も人も通る。百人町が近いからか、武家の姿も見えた。

門前の茶店には客がいて、緋毛氈《ひもうせん》が敷かれた縁台で茶を喫している。蒸籠から饅頭を蒸す湯気が甘い匂いを漂わせていた。

大島屋敷は梅窓院山門の並びで、表通りに面している。

「ここならば、貸地もできますね」

「うむ。他にも借りているとおぼしい町家があるな」

近くには善光寺といった参拝者の多い寺もある。梅窓院門前の茶店も、土地か建物かは分からないが、武家屋敷から借りたものと思われた。愛らしい娘が、手拭いを姉さん被りにして、絣《かすり》の着物で給仕をしている。

源之助が、娘に見とれていた。娘目当ての客は、多いのかもしれない。

正紀と源之助は、ここで茶と饅頭を注文した。

「繁盛しているようだな」

「お陰さまで」

にっこりとされると、正紀も気持ちがうずく。京からは、女子の修業が足りないと言われている。気の利いたお喋《しゃべ》りでもしたかったが、口から出たのは味気ない問いかけだった。

「そこの大島屋敷だが、あそこは貸地にはしないのか」

商いの店を出せば、繁盛しそうだ。

「そうですねえ」

娘は困ったような顔をした。自分に問われても、といったところだ。それで同じ問いを、中年のおかみにもしてみた。

「そうですねえ。あそこはちょっと」

言葉を濁した。分かっていても、言いにくいといった塩梅《あんばい》だ。

「大家になる武家が、面倒なのか」

「さあ」

どう答えたものかと思案したらしいが、そのとき他の客から声がかけられた。それで答えぬまま行ってしまった。

「何かありそうですね」

源之助が言った。

そこで隣接する久保町の自身番へ行った。

「大島様のお屋敷の一部を、貸地にしないわけですか。さあ、どうしてでしょうか」

詰めていた初老の書役と中年の大家は顔を見合わせてから言った。何か含みがあるようだ。言いたいが、口にしてはまずいといった様子だ。

「存じているならば、ぜひにも話してほしい」

北町奉行所与力山野辺の名も出して迫った。供侍を連れた正紀の身なりは悪くないから、相手はそれで腹を決めたらしかった。

「実は先代の平左衛門《へいざえもん》様がいろいろありまして」

「大酒を飲んだ、という話だな」

これは青山が聞いてきた。雲平の父だ。三宅にも伝えたが、二十年も前のこととして聞き流された。しかしやはり何かがあったらしかった。

書役が続けた。

「平左衛門様は、当初新御番組頭《しんごばんぐみがしら》を務めておいででした。剣の腕も立つし、乗馬もお上手だったとか。ですが困ったこともありましてね、御役御免になりました」

「御役御免とは、かなりのものだな」

新御番組は御書院番組と同様、将軍の親衛隊として警固に当たる。武官としては、花形の部署といっていい。

「平左衛門様は、お酒を飲むとお人が変わってしまったそうでございます。町の者どころか、奥方様にも、乱暴狼藉《ろうぜき》をお働きになったとかで。また女子のことでも、いろいろとありましたようで」

岡場所へ入り浸り、遊女の取り合いで怪我人を出した。酔って器量のよい女房に絡む。町家の後家に手を出して、孕《はら》ませたこともあった。挙げ句の果てには侍女にも手を出して、自害をさせた。

ここまでくると、平左衛門の奇行は、界隈でも知らぬ者がないほどになった。

嘆いた妻女は、庭の木で首を括って自害した。

「それで収まればまだよかったのでしょうが、奇癖はさらに酷くなりました。さすがにお上にも知れて、乱心としてお役を解かれたと聞きます」

表向きの理由は病だ。これが二十年前のこととなる。

それで平左衛門も少しは懲りたかと思われた。町の者に狼藉を働くことはなくなった。そして後添えも得た。しかし後妻は、半年後に高熱を発する病に罹《かか》り、井戸に飛び込んで自死した。

その話が界隈に広がると、最初の奥方の怨念が、屋敷と平左衛門に祟《たた》ったと噂になった。さらに噂に尾鰭《おひれ》がついて、屋敷に出入りすると、その者に不幸が起こるという話にまでなった。

「今では大島屋敷は、『祟りの屋敷』として怖れられ、不気味がられています」

町の者ならば、誰でも知っている。ただあえてよそ者の前では口にしない。しかし界隈に住まう者は、今でも話題にするとか。

「ご当代の雲平様は屋敷替を望んだそうですが、叶えられないまま今に至っていると聞いています」

「なるほど。それでは、土地を借りる者は現れそうにないな」

「はい。仮に店を出しても、客は寄り付かないでしょう」

大島は貸地に向いた屋敷を拝領していても、家禄以外の金子を得ることができなかった。呪われた屋敷に辟易していたら、本所の不便な土地でも受け入れる気になったかもしれない。

自身番の他、蕎麦屋と青物屋、蠟燭《ろうそく》屋でも話を聞いた。初めは言葉を濁したが、こちらから話を振ると屋敷の悪評を認めた。

「大島はそれらを隠して、相対替をしようとしているわけですね。野崎も分かっているのかもしれません」

源之助は、殿付で呼ぶのを止めていた。

「承知の上で話を進めているとしたら、相手を裏切ることになるな」

野崎も、小石川大塚の白河藩別邸に顔を出していた。

二

青山は植村と共に、奥州屋へ行った。河鍋家の家士須黒啓之助について調べられる場は、他にはなかった。

店には活気がある。日除け暖簾《のれん》に、冬の日差しが当たっていた。

青山は、店先で水を撒いていた小僧に声をかけた。正紀から預かった銭の一部を与えて問いかけた。まずは十郎兵衛と貞之助、太吉の顔を検めた。樋岡は後から顔を出した。

その上で、須黒について尋ねた。

「白河藩の須黒様ならば、たまにお見えになります」

小僧は白河藩士と勘違いしているらしかったが、須黒のことは知っていた。

「いつ頃から、顔を見せるようになったのか」

「三、四か月くらい前からだと思います」

奥州屋十郎兵衛は、白河藩の御用達になることを目指している。老中首座の御家に出入りとなれば、店としての信用が得られる。

河鍋からか奥州屋からか、どちらから近づいたかは別にして、二人の関係が密になるのは当然だ。奥州屋は、河鍋に引き立ててもらえる。河鍋は、袖の下が手に入るだけではない。尾張を困らせるために使う高額の費えを、肩代わりさせることができるだろう。

「須黒殿と一番親しくしているのは誰か」

「それならば、番頭の貞之助さんだと思いますが」

「酒を飲んだりするのか」

と尋ねたところで、小僧が名を呼ばれた。呼んだのは手代の太吉だった。険しい眼差しだった。

「余計なおしゃべりはするな」

と叱って追いやり、青山に目を向けた。

「どのようなご用件でございましょう」

と訊いてきた。物言いこそ丁寧だが、不審な者を見る目を向けてきた。やり取りが耳に入ったのかもしれない。

須黒の名を耳にして警戒をしたのならば、語るに落ちたといったところか。

「いや、たいした用ではない」

そう返して、青山と植村は離れた。もう奥州屋の者には訊けないので、木戸番小屋へ行き、中年の番人に問いかけた。

「奥州屋の貞之助と連れ立ったり酒を飲んだりしている、二十代前半の主持ちの侍を見ないか」

しばし首を捻った上で、番人は答えた。

「酒を飲むのは見かけませんね。でもそこの碁会所へ二人で入るのは何度か見ましたよ」

指差されたあたりに目をやると、大店と大店の間に目立たない小さな建物があった。それが碁会所だった。

「そうか」

貞之助と須黒が碁敵《ごがたき》とは意外だった。早速、碁会所へ行った。

碁会所の中年の主人は、貞之助をよく知っていた。

「あの人は、酒は飲みません。でも碁は面白いらしく、手代になったときから通って来ていました」

まず貞之助について尋ねた。

「女房や子どもはいません。店の商いが第一で、次が碁なのでしょうね」

相手が陣を広げようとする前に、石を置いてしまう。周到な打ち方をするとか。

「須黒という侍と来たというが」

「ええ、見えました。どちらもなかなかの腕前です」

「打ちながら、どのような話をしたのか」

「そりゃあ碁の話ですよ」

当たり前ではないか、という顔をした。それでは、碁を打ったということが分かっただけだ。

仕方がないので、須黒以外の者のことを訊くことにした。

「では打ちながら、野崎専八郎という者の話をすることはなかったか」

「野崎様ですか。ああ、ありました。剣術の稽古をしたことがあるとかで」

二人は相弟子だったのかもしれない。

「どこの道場か」

「それは、存じませんが」

青山と植村は碁会所を出て、稽古をしたという道場について話した。北八丁堀の白河藩上屋敷から近くならば、鏡新明智流《きょうしんめいいち》の桃《ももの》井《い》道場がある。

無駄足覚悟で、行ってみることにした。

竹刀のぶつかり合う音や気合の入った声が、離れたところでも聞こえた。道場は尋ねなくとも分かった。名の知られた道場だけあって、門構えも道場の建物も立派だった。

門前で、門弟が出てくるのを待った。四半刻ほど待って、二十代後半の門弟が出てきた。

青山は近寄り、頭を下げて「卒爾ながら」と須黒という門弟がいるかと問いかけた。自分は、かつて須黒に世話になったことがある者だと伝えた。

「須黒啓之助は、当道場の門弟でござる」

と門弟は答えた。予想が当たった。

白河藩の重臣の家来で、呼び出されて江戸へ出てきた。なかなかの腕前だと付け足した。それで須黒の名を知っていたようだ。

「では、野崎専八郎殿は」

「野崎も当道場の門弟でござる」

「では須黒殿と野崎殿は、親しい間柄ですな」

「親しいかどうかは知らぬが、共に稽古はしていた」

野崎は旗本で、須黒は白河藩の重臣とはいえその家来だ。身分は違った。ただこれで旗本野崎は須黒の口利きで河鍋に近づいたという推量ができる。

「須黒が道場へ通うようになったのは一年半くらい前からであろうか」

「すると昨日今日の知り合いではありませぬな」

「それはそうだ」

定信と目通りを済ませているかどうかは分からない。しかし野崎は、定信に与する旗本として、尾張徳川家一門の旗本三宅藤兵衛に三方相対替を持ちかけたことになる。

この門弟が分かることはそこまでだったので、次の門弟が出てくるのを待った。

二番目に出てきた門弟は、野崎は顔と名を知っているだけで他のことは何も知らなかった。須黒はまったく知らない。

けれども三番目に声掛けした中年の門弟は、最初の門弟より野崎とも親しいらしかった。

「野崎殿は、近頃は威勢がよいぞ」

「何かよいことが、あったのでござろうか」

「本所の外れにあった屋敷が、駿河台に代わるらしい」

「それは何よりですな。御役が上がるようなことでもあるのでござろうか」

一応、驚いて見せた上での問いかけだ。

「上の役職を望んでいたが、なかなか叶わなかった」

「それが叶いそうなわけですな」

「いや、そういう手蔓《てづる》ができたということらしい」

三方相対替は、野崎にとっては都合がいい話だ。三宅を追い詰める腹があるならば、河鍋や奥州屋との利害は一致する。

野崎にとっては、三方相対替が最初の足がかりなのかもしれない。これを機に定信に近づくことができれば、出世の糸口になると考えたのではないか。

門弟に礼を言って、青山と植村は桃井道場を後にした。

三

正紀は、屋敷に戻った青山と植村から奥州屋や碁会所、桃井道場で調べた報告を聞いた。佐名木も同席していた。

「なるほど。河鍋や奥州屋十郎兵衛、野崎の三人には、うまい話だな」

そう返してから、正紀は大島屋敷にあった先代平左衛門の乱心と『祟りの屋敷』にまつわる近所の評判を伝えた。

「三方相対替の実態が見えてきましたね」

満足そうな面持ちになって、源之助が言った。

「うむ。河鍋は、奥州屋を白河藩の御用達の一人に推挙すればいい。己の腹を痛めずに、尾張徳川家一門の旗本に打撃を与えられる」

「奥州屋は二百五十両の出費がありますが、それで白河藩の御用達になれるならば安いものでしょう」

正紀の言葉に、植村が続けた。

「青山の大島屋敷に、そのような裏の話があったのは驚きですな。大島にも相対替をする利があったことになる」

佐名木もこの点には疑問を持っていた。事情を耳にして納得した顔だ。

「しかしそれが見えなかったので、初めに話を聞いたときから腑に落ちなかった」

正紀はそう言うと、幾度か頷いた。

「そもそも企みの発端は、野崎と奥州屋あたりに違いなかろう。須黒を通して河鍋も加わった。ただ三宅を嵌めるにしても、野崎の本所の屋敷では、引料があっても三宅が乗ってこないのは目に見えていた」

「そこで大島を加えたわけですね。ふざけた話ではないですか」

　佐名木の言葉に、源之助が続けた。

「野崎にしたら、三宅との相対替ではなく、大島を交えた三方相対替にしなくてはならなかったわけだ」

　正紀の言葉に一同は頷いた。

「それで、陰謀が見えにくくなったわけですね」

「しかも三宅は、充分な調べをしなかった。野崎には、都合がよかったであろう」

　正紀が最初に感じた不審が、からくりを解く鍵になった。

「一つ駒を進めることができましたが、事が収まったわけではございませぬぞ」

　ここで佐名木が、釘をさすように言った。

「そうだな。今の段階では、あの者たちがしていることを、明らかな悪事と決めるわけにはいかぬな」

　それは正紀も分かっている。三方相対替は、関わる三人がよしとすれば、どのような形であっても不法ではない。『祟りの屋敷』であっても、確かめなかったのは三宅の落ち度となる。

　大島が「祟りなどない」と言えば、それまでの話だ。

芝二葉町の町屋敷にしても、嫌がらせや寅次殺しは、こちらが推量しているだけで、物証や証人があるわけではなかった。

「でもあいつら、また何かやりますよ」

と言ったのは、植村だった。向こうにしても、すべてが済んだとは考えていないだろう。

一同は頷いた。

三方相対替の真相が分かった以上、三宅と尾張藩には伝えなくてはならなかった。

正紀は源之助を伴って、まず駿河台の三宅屋敷へ向かった。

明るい内でも風は冷たい。歩いていると、どこからか枯れ葉が舞い落ちてくる。

「危ないところでした。三宅様は約定を結び、届を出してしまうところだったと存じます」

「うむ。防ぐことができるならば、何よりだ」

正紀にも源之助にも、自分たちの働きが役に立てたことに喜びがあった。

門扉を叩き来意を伝えると、跡取りの藤太郎が門まで現れた。

「父は、風邪を引いて横になっております」

丁寧な礼をした後で、申し訳なさそうに言った。三宅の体調は、もともとよくないと聞いている。

とはいえ急ぎ伝えないわけにはいかない用件だった。大事な話と伝えて、短時間会えるようにと依頼した。

「されば」

ということで、病間に通された。すでに火鉢に火が熾《おこ》されていた。

三宅は綿入れを引っかけて、上半身を起こした。挨拶をすると、咳を三つ四つ続けてした。顔色はいつもよくないが、今日はさらに青白かった。

藤太郎が、案じ顔で父親に目をやっていた。

「では、用件を申し上げよう」

挨拶もそこそこに、正紀は三方相対替についての話だと伝えた。三宅が、力のない目で見返した。

「青山の大島殿の屋敷でござるが、よからぬ噂がござる」

正紀は、先代平左衛門の酒癖から女癖、そして『祟りの屋敷』と呼ばれるに至った話を伝えた。

「あの屋敷では、貸地として地代を得ることはできませぬ」

正紀はきっぱりと告げた。三宅は、目に驚きを見せた。しかしこちらが予想したほど大きなものではなく、落胆も感じられなかった。聞いている間にも咳をして、驚きを表すことができないほど風邪がひどいのかもしれなかった。

さらに正紀は、野崎や奥州屋、そして河鍋の動きについても伝えた。その上で正紀らが考えた、野崎や奥州屋、河鍋の企みにも触れた。

すべてを話し終えたところで、問いかけた。

「さらにご不審な点があれば、分かることはお話しいたす」

「いや、それには及ばぬ。分かり申した」

三宅は風邪で潤んだ目を、瞬《しばた》かせた。驚いているのは間違いない。しかし落胆だけでなく、憤りも感じなかった。

ただ、病の身で初めて聞いた話である。憤りや落胆は、もう少し後かもしれなかった。

「よくぞお調べくだされた」

それでも正紀の尽力については、ねぎらった。

「いかがなされるか」

決めるのは三宅だ。

「委細分かり申した。ご尽力、かたじけない」

咳込みながら、三宅は頭を下げて礼を言った。横で聞いていた藤太郎も、強張った表情で深く頭を下げた。

三宅はすぐには何も言わなかったが、答えは一つしかない。これで宗睦に命じられた二つの役目の片方が済んだ。

正紀と源之助は、駿河台から市ヶ谷の尾張藩上屋敷へ足を延ばした。すでに夕暮れどきになっていたが、少しでも早く伝えるべきだと考えていた。

宗睦は来客中で会えず、代わりに睦群に三方相対替に関するすべてと、それを三宅に伝えた報告をした。風邪で寝込んでいたことにも触れた。

「まずは上出来であった」

話を聞き終えた睦群は、一応ねぎらってくれた。しかし満足そうではなかった。

「あの者、また風邪か」

三宅はもともと胃痛持ちで病弱だった。諸事に関して動きが鈍いので、御幕奉行という閑職についていた。これは宗睦の配慮があってのことだ。

「河鍋は、一門の一番弱いところを狙ってきた」

「はあ」

「調べも甘い。先代の悪評とその後について調べなかったのは、あの者の落ち度だ」

睦群ははっきりと言った。それは正紀も同感だ。「一番弱いところ」というのも、否定はしがたかった。

病は仕方がないが、必要な注意は払わなくてはならない。

ただ三宅の家柄は、尾張藩初代義直《よしなお》からの縁を持つ、一門では名門といってよかった。だからこそ、一等地に屋敷が与えられ、役職にも配慮がなされていた。

「この度の相対替についても、殿はもろ手を挙げて賛同なされたわけではなかった」

「三宅家の逼迫した家計を守るために、やむなくということですね」

「そうだ」

宗睦の本音は、屋敷替などではない方法で、危急を乗り越えてほしいというものだった。

「では、この度の相対替が流れた後、三宅家はどうするのでしょうか」

返済しなければならない借金がある。すぐに代わりの相対替の相手が見つかればいいが、よい条件であるとは限らない。

「そこだ」

睦群の顔が、わずかに歪んだ。

「尾張徳川家一門としては、放ってはおけまい」

四

翌日正紀は源之助を供にして、深川相川町の蔵根屋へ行った。芝二葉町の拝領町屋敷を使っての、ご府内用の船問屋を勧めた相手である。

濱口屋幸次郎が口利きをして、現場を見に行くほど乗り気だった。数日考えたいという話だったので、様子を見に行くことにした。

本音を言えば、早くしたかった。

大川だけでなく、ご府内の川や掘割の河原の破船はまだ片付けられてはいない。しかしいつまでもというわけにはいかないはずだった。修理すれば使える出物は、徐々に少なくなっている。

河岸の住宅の復興も、進んでいた。

「蔵根屋は、受けそうな気がいたしますが」

源之助は期待をしている。

相川町は大川の河口に近いから、潮のにおいが強くなる。蔵根屋の建物の前の船着場には、遠路の航行を終えたらしい四百石積みの荷船が横付けされていた。

「いらっしゃいませ」

敷居を跨ぐと、小僧たちの声が聞こえた。店奥の帳場に、主人と若旦那の市太郎がいた。

「これは井上様」

市太郎が近寄ってきて挨拶をした。主人は気づかないのか、大福帳に目を落としている。

「先日の芝二葉町の件でございますが」

向こうから話を振ってきた。申し訳ないといった顔をわずかにしたが、すぐにきっぱりとした表情になって続けた。

「主人や番頭、縁者たちとも話し合いましたが、今は商いを広げないことになりました」

「さようか」

我ながら、力のない声になったのが分かった。それでも、わけは聞いておきたかった。

「棄捐の令による、金詰まりであろうか」

市太郎は表情を変えず答えた。

「今ならば、客はあると存じます。商いを始める好機なのは確かでしょう」

ここで一息ついてから、言葉を続けた。

「破船を使うとはいっても、ただでは手に入りません。また万一修繕に不備があり沈んだりしたら、こちらは荷の損失分を支払わなくてはならなくなります」

「不備への蓄えが、ないわけだな」

「さようで。あやふやなことでは、新しい商いはできません」

棄捐の令の前ならばと漏らしたが、どうにもならないことだった。市太郎自身は、やりたかったのかもしれない。

残念だが、ここはあきらめるしかなかった。

「棄捐の令が、尾を引いていますな」

蔵根屋を出たところで源之助が言った。期待が大きかった分だけ、落胆は大きい。

「こうなると、どこへ行けばよいか」

正紀は困惑した。ただ口利きをしてくれた幸次郎には、首尾を伝えておかなくてはと思った。さらに誰かを紹介してもらえるならば、ありがたかった。

仙台堀河岸の濱口屋へ足を向けた。

幸次郎は店の前の船着場で、小ぶりな荷船の船頭と話をしていた。険しい顔で話をしている。

船頭は濱口屋の者ではなさそうだ。ご府内用の荷船の船頭だと察せられた。

幸次郎の仕事には、江戸まで運ばれた荷を、各荷主の店へ運ぶご府内用の荷船の手配が含まれていた。船不足で、辛労辛苦の日々を過ごしている。だから関心を持って、これまで力を貸してくれた。

船頭とはやや揉めている様子だったが、決着がついた。正紀に気がつくと傍までやって来た。

「荷船の手配に手間取りました」

と言って、頭を下げた。ご府内用の荷船の不足は、三月《みつき》や半年では片がつかないだろうと言い足した。

だから蔵根屋でも思案したのだ。問題は資金不足だ。棄捐の令があっても金を動かせる店しか商いに加われないが、そういう店は極めて少ない。

正紀は、蔵根屋の話が不首尾に終わったことを伝えた。

「そうですか」

幸次郎は、やはりといった顔で聞いた。そしてしばし考えるふうを見せてから言った。

「店までご一緒いただけますか」

決意のこもった声だ。正紀はついてゆく。

店に入った幸次郎は、帳場の奥にいた幸右衛門の前に座った。脇には跡取りの若旦那幸兵衛もいた。幸右衛門は何かを察したらしく、正紀に挨拶をしてから、幸次郎に向き合った。

険しい表情になっていた。

すでに父子の間に、何かの悶着があったらしかった。

「やはり、ご府内を回る荷船を持つことは、濱口屋の商いに適うものと考えます」

幸次郎が言った。「やはり」と言うからには、これまでもそういう話をしたことがあるのだろう。

「棄捐の令のせいで、商いは滞っています。江戸へ入る荷の量も減りました。ですから船問屋も苦しいことになっています」

「わかっている。そんなことは、お前に言われるまでもない」

幸右衛門は真剣に聞いている。

「ですが入津《にゅうしん》する船がなくなったわけではありません。大潮に高潮が重なって、多数の破船が出ました。江戸に入る荷の量は減りましたが、それ以上にご府内を回る船は少なくなりました」

「……………」

聞いている幸右衛門の顔は、苦々しいものになった。それで幸次郎は怯みそうな気配を見せたが、気持ちを立て直したらしく、話を続けた。

「江戸に着いてからの配送について、どこの問屋でも難渋をしています。濱口屋だけではありません」

「それはそうだ。しかしな、それをどうにかするのが、番頭の才覚というものではないか」

幸右衛門は返した。きつい口ぶりだった。正紀は、こういうやり取りをする幸右衛門の姿を目にするのは初めてだった。

「やり繰りはしています。私は、己が楽をしたいから話をしているのではありません。ご府内用の船問屋を始めることは、水上輸送を緩めないことになります。濱口屋の荷を運ぶだけではありません」

幸右衛門は、「ふん」という顔をした。

「この話は、もう何度もしている。金繰りがつかないことで、答えが出たのではなかったのか」

その言葉を聞いて、正紀は魂消《たまげ》た。初めに話したときは、あっさりと断られた。しかし聞いていると、幸右衛門と幸次郎は、その後何度かこの件について話をしていたことがうかがえた。

どうやら幸次郎は、あきらめきれないでご府内用の船問屋をやりたいと考えていたようだ。そういえば蔵根屋と芝二葉町まで拝領町屋敷を見に行ったとき、熱心に問いかけをする市太郎を、羨ましそうな目で見ていた。

幸右衛門に何度も話を持ち掛けて、その度に断られていたと分かった。

「くどいぞ」

幸右衛門は、切り捨てるように言った。幸次郎は、顔を赤くして不満を抑えている様子だった。親子でも主人と番頭という立場ならば、逆らうことはできない。

親子のやり取りであり、店の内輪の話だと分かっていたが、正紀は声を出した。

「年の店賃を当初の二百両から百八十両にしたいと思うのだが」

それでも幸右衛門の硬い表情は変わらなかった。けれどもここで、それまで話を聞くだけだった跡取りの幸兵衛が口を出した。

「確かにご府内を回る船を調達するのには、どこも難渋しています。しかし商いを滞りなく進めるためには、誰かがご府内用の船問屋を興さねばならないと思われます」

「ここは厳しいところではありますが、濱口屋で始めてもよいのではないでしょうか」

「…………」

幸兵衛は、幸次郎の肩を持った。しかしそれは、兄弟の情だけで賛同したのではない。濱口屋の利を踏まえたものであると共に、今後の船問屋商いにも考えを巡らせた上での言葉だった。

前に正紀が濱口屋へ来たとき、幸兵衛は幸次郎を叱りつけていた。ご府内用の船の都合がつけられなかったからだと聞いたが、そのたいへんさは分かっていたようだ。

「うむ」

幸兵衛の言葉で、幸右衛門の頑なだった態度が変わった。

濱口屋の二人の倅は、若くても目端が利いてやり手だと船問屋の間では言われている。その熱意ある二人に迫られて、さしもの幸右衛門も気持ちが揺らいだのかもしれなかった。

「そこまで言うならば」

しばらく腕組みをしてから、幸右衛門は漏らした。

「やってみようか。ただし」

条件があるらしかった。幸次郎と幸兵衛、それに正紀は固唾を呑んで次の言葉を待った。

「二艘や三艘では、どうにもならないでしょう。少なくとも十艘はなければ、商いにならない。加えてもたもたしているわけにもいきません」

新規参入を検討している船問屋は、他にもあると言い足した。幸右衛門なりに、その辺りは充分に調べたようだ。

「向こう十日で、十艘以上の荷船を用意し、修理を終えられるでしょうか。それができるならば芝二葉町で、幸次郎を主人にして任せてもよいと存じます」

正紀に向けて言っていた。

「十日とは」

息を呑んだ。あまりにも短い。

ただ幸右衛門は、商人として算盤《そろばん》を弾いた上で利があると踏んだはずである。これを次男坊に任せようとしている。幸次郎の決意を、親として認めたらしかった。

正紀と幸次郎は、顔を見合わせた。

「やります。やらせてください」

正紀が頷くのを目にした幸次郎が、声を上げた。

それにしても、十日という期日は厳しい。それくらいのことができなければ、商いに襲いかかる荒波は凌げない。そういう意味だと、受け取った。

幸右衛門は、船を集める資金として五両を出した。これで使える破船を手に入れろという話だった。

五

正紀と源之助、そして幸次郎は、商談用の一室で打ち合わせをした。胸は期待で大きく膨らむが、一方で重い荷を抱えた気持ちもあった。

「何をおいても、まずは修繕をして使える船を探さなくてはなるまい」

五両では限りがあるが、正紀は宗睦から二両を預かっていた。多少使っているので、一両を加えた。

「私には、虎の子の二両があります」

幸次郎が言った。合わせて八両になった。新造船ならば、小舟がやっと買えるくらいだろう。修理は高岡から橋本利之助が到着次第かからせる。

話がまとまれば、少しでも時が惜しい。早速正紀と源之助、幸次郎の三人は船探しのために店を出た。

高潮の直後には、江戸中の川や掘割には破船が転がっていたが、今はだいぶ整理されてきた。それでも鉄砲洲や築地、芝の浜、大川の河原などにはまだ数多く残っている。

幸次郎は、破損した荷船について、ある程度調べていた。ご府内用の船問屋をやりたいという思いが、それくらい強かったのだろう。

「おとっつぁんに、あんなふうに強くものを言ったのは初めてです」

幸右衛門とのやり取りを思い出したのか、幸次郎は苦笑いをしながら言った。店の主人であり、絶対的な力を持つ父に逆らったわけだから、大事件であったのは間違いない。

「思い出すと、今でも心の臓が高鳴ります」

胸に手を当てた。

「いや、よく言った。だからこそ思いが伝わったのだ。それに幸兵衛も力を貸したからな」

「はい。兄さんが助力してくれなければ、話は通らなかったでしょう。船を集められないと、よく叱られていましたから驚きました」

「だからこそ、船が足りないことが身に染みていたのであろう」

兄弟は力を貸し合って、これからの濱口屋を支えていく。自分も兄の睦群にはずいぶん助けられていると、正紀は思った。

三人は、鉄砲洲の浜に立った。横転している船は、まだ目に見えて減ってはいなかった。ただ修理をしている者の姿は、いくつかあった。

幸次郎が目をつけていた船を検める。

「一番よいと狙っていた二十石積みの船がなくなっています。誰かが買っていったのでしょう」

修理も少なくて済む船だったとか。

持ち主を捜して話をつけておけばよかったのだが、その時はご府内用の船問屋をやるかどうかは分からなかった。

目をつけていた船を、改めて一艘ずつ調べる。

「これは舳の部分の破損が大きく、他はいいのですが直しようがないでしょうね」

十石積み船の裏返った船首を手で撫でた。幸次郎は船問屋育ちということもあって、船を見る目はさすがに鋭かった。

その一つ置いた横に、古い十二石積みの船が横たわっていた。幸次郎は手を触れた。

「これは、使えそうな船の一つです」

船端の棚板と呼ばれるあたりに、何かがぶつかって破損していた。しかし他には損傷は見当たらない。近くにいた漁師に持ち主を訊いた。

「さあ。誰のかねえ」

破船の持ち主を捜すのも一苦労だ。勝手に修理をし、運び出してしまうわけにはいかない。

船首近くに、甚兵衛丸《じんべえまる》という文字が読めた。それで近くの家へ行って尋ねた。

「ああ甚兵衛さんならば、五軒行った先の家ですよ」

破損した家の修理をしていた三十代の男が教えてくれた。尋ね始めて四人目だった。目当ての家も、水の被害を受けていた。甚兵衛も、建物の修理をしていた。五十代半ばの船頭だ。

「あの船を買いたいのかね。一両ならばいいよ」

話を聞いた甚兵衛は言った。

「それは」

幸次郎は渋った。ここで一両使ってしまったら、十艘は揃えられない。また古い破船ということを考慮すれば、正紀も高いと感じた。

「嫌ならばいいよ」

甚兵衛はそっけなく言った。

「一両で、違う船を買うのか」

「いや。これを機に、陸仕事でもするつもりですよ」

正紀の問いかけに答えた。できるだけ高値で売りたい気持ちは分かるが、やはり高い。修理ができなければ、ただの古材木になる。

引き上げようとすると、甚兵衛が声をかけてきた。

「銀四十匁でどうかね」

一両が銀六十匁とすれば、三分の二まで値下げしたことになる。これならば、買えそうだった。

幸次郎は前金を払った。

次に目をつけていた船を見る前に、正紀が一艘に目をつけた。船は前ほど古くなく、破損は極めて少ないかに見えた。しかし幸次郎は首を横に振った。

「舵床《かじどこ》の部分に歪みがあります。直すのには手間がかかります」

舵を載せる中心部分だから、避けたいという考えだ。なかなか慎重だ。

幸次郎が目をつけていた船は十五石積みで、使い始めて何年にもならないものだった。持ち主を捜して、声掛けをした。

「二両ならば、手放しますぜ」

持ち主の船頭が言った。高値で買う者を待っているらしく、強気だった。これはあきらめた。

「破船を手に入れるのも、たいへんですね」

源之助が漏らした。

次の船は、二十石積みの平底船だ。これは一両で買った。

「一両を使ってしまうのは惜しいですが、ここは仕方がないと思います」

正紀は、幸次郎の判断に頷くばかりだ。

鉄砲洲から築地のあたりへ歩いた。破船もそれなりにあったが、夕刻までに買うことができたのは、三艘だけだった。

まず船主を捜すのに手間取った。見つからない者もいた。よい船でも、それでは交渉ができない。

持ち主が見つかっても、おおむね予想よりも高い値を告げられる。

「買いたいといってきた人は、何人もいましたよ。あんたよりも、もっと高い値で」

と口にする者もいた。いっぱしに駆け引きをしている。破船の買い取りも、当世、立派な商いになっていた。

「買い取るだけでも、手間がかかるぞ」

「はい。私も、これだけをしているわけにはいきません」

幸次郎は困惑顔になった。三番番頭としての仕事をした上で、船探しをしなくてはならない。正紀や源之助では、船の良し悪しは分からない。青山や植村などの藩士を使うことは可能だが、船の素人ではどうにもならない。

「手のすいた、濱口屋の船頭に同道してもらおう」

「それならば、わけのないことです」

買う買わないを決めるのは、幸次郎だ。しかし持ち主を捜し、あらかじめ話をつけておけば、事は速やかに進む。

六

翌朝、破船の買い取りのために上屋敷を出ようとしていると、正紀のもとに睦群から文が届いた。

「おおっ」

開いて読んでみると、思いがけない内容が記されていた。

正紀は一昨日三宅屋敷を訪ねて、野崎らの三方相対替の企みについて伝えた。それで三宅がこの件を破談にすると正紀は考えていたが、しなかった。昨日三者間で証文を交わし、普請方に届けたのだった。

普請方に届け出があった場合には、尾張藩上屋敷に直ちに知らせが入るようになっていた。

睦群も驚いていたが、正紀も仰天した。あり得ない話だと思うからだ。青山の屋敷では、土地を貸して地代を得ることはできないと承知で交換したことになる。

引料の二百五十両が欲しいのかもしれないが、初めの思惑とはまるで異なった動きになる。

「何か裏がある。それを調べよ」

という睦群の指示だった。

正紀も、事情を知りたいところだ。破船の買い入れも急がなくてはならないが、こちらも捨て置けない話だ。

船の買い入れは、とりあえずは青山と植村に任せることにした。濱口屋の船頭がつくので、用は足せるはずだった。

「お任せください」

二人は屋敷を飛び出した。

正紀は源之助を伴って、道三橋袂《どうさんばしたもと》にある普請方の役所に出向いた。ここでは身分を名乗り、役所に詰めていた下奉行と面談した。

「お待ちしており申した」

中年の下奉行は、丁寧な口調で言った。三方相対替の届があったことを、普請奉行から指図を受けて尾張藩上屋敷へ伝えてきた者である。すでに睦群から、正紀が訪ねる旨の知らせが来ていたとか。

「確かに、それがしが届を受け取りました」

下奉行は言った。書類に不備はなかった。届け出として有効なものならば、受け取らなくてはならない。

「三人で見え申した」

「それぞれの様子は、いかがであったか」

「和やかでございました。それぞれ得心していると見受けました」

「ほう」

納得のいかない話だった。

三宅は、騙されたのである。しかも届が昨日というのは、予定よりも早い。風邪を引いたといいながら、素早い動きなのも気に入らない。

どうしようと三宅の勝手だが、これでは何のために調べをしてきたか分からない。

「すべてが無駄ではないか」

三宅に対して、怒りが湧いた。

その足で正紀と源之助は、駿河台の三宅屋敷へ行った。事情を聞かなくてはならない。

門番は、正紀の顔を覚えていた。

「殿様は、若殿様とお出かけでございます」

「行き先は何処か」

「はて、存じませんが」

供に中間を連れて出たという。

「風邪を引いて臥《ふ》していたようだが、もうよいのか」

十一月になって、昨日今日と冷え込みが強くなった。

「もう、そのご様子はありませんが」

正紀と源之助は、しばらく間を置いて再度訪れることにした。

昼下がりになって出向くと、藤兵衛と藤太郎の親子は戻っていると門番は言った。

主人に知らせようとする門番に、主人に伝える前に、供をした中間を呼んでくれと告げた。

「へい。私が供をしました」

二十代半ばの、渡り中間である。小銭を与えたところで、行き先を尋ねた。

「北八丁堀の白河藩のお屋敷へ行きました」

「そうか」

これだけ聞けば、もう用はない。三宅は尾張徳川家一門を裏切ったのだ。ならば何を問いかけても、まともな答えが返ってくるわけがない。腹の底から、ふつふつと怒りが湧き上がってきた。

正紀は、赤坂《あかさか》の今尾藩上屋敷へ睦群を訪ねた。睦群は屋敷にいて、すぐに面会ができた。

「三宅め、恩義を忘れおって」

話を聞いた睦群は、吐き捨てるように言った。

「まことに」

「父子で白河藩上屋敷へ行ったわけだな」

「はい」

「ならば河鍋丹右衛門に会うためではないな」

睦群の顔に浮かんだ怒りは、すぐに消えた。淡々と口にしていた。しかしこういうときの兄の心中には、憤怒の情が渦巻いている。弟だから分かる。

「河鍋が手引きをして、定信様に目通りしたわけですね」

正紀は、己の気持ちを鎮めた上で口にした。

「そんなところだろうが、三宅は、何が目当てだと思うか」

三宅は相対替をすることで『祟りの屋敷』に移ることになるが、当初目論んだ地代収入は得られない。しかしそれ以上の何かを得られると踏んだからに違いなかった。

「さあ」

閑職とはいえ、三宅は御幕奉行の役目に就いている。病弱ならば、ちょうどいい。猟官でなければ、何が目当てなのか。正紀には見当がつかない。

答えられずにいると、睦群は口を開いた。

「藤太郎を伴ったのは、尾張徳川家一門から定信派に与したとして、定信殿に跡取りの顔見せをしたかったからだ」

「はあ」

正紀には、まだ話が吞み込めない。

「跡取りは十六歳になった。父に似ず壮健でな、学問もできる」

「定信様に、引き立ててもらおうという腹ですね」

「そうだ。三宅は病弱ゆえ、隠居をしたいと考えている。そういう申し立ては、前からあった」

「さようで」

正紀は知らないことだ。

「今は御幕奉行でいいが、自慢の倅は日の当たる、栄達の見込める役目に就かせたいと考えたとしてもおかしくはない」

「しかしこれまで御幕奉行でやってこられたのは、尾張徳川家一門の後ろ盾があったからです。恩知らずな男です」

「そうだ。河鍋にうまいこと言われたのであろう」

尾張を裏切り、定信派に与することになる。

「それはそうですが」

話を聞いて、正紀は腑に落ちない。頭に浮かんだ疑念をそのまま口にした。

「定信様は、藤太郎の役付きに配慮をするでしょうか」

己の利のために、世話になった一門を抜けるのである。そして河鍋がどのような手を使って三宅を靡《なび》かせたか、おそらく定信は知らされない。

定信は何かで釣って、配下を募るというやり方はしない。尾張徳川家一門から定信派に移ったと聞いても、「そうか」で終わってしまうはずだった。

三宅のために、あえて何かをするとは思えなかった。誰かを登用するならば、有能と認めた者だけだ。藤太郎が眼鏡《めがね》に適うかどうかは、これからのことになる。一度無能とみなされたら、それで終わりだろう。定信の性格は、これまでの関わりで身に染みて分かっている正紀だ。

「愚かなやつだ。三宅は、利益があると考えたのだ。あやつは定信様の気質を知らぬ」

睦群はため息を吐いてから続けた。

「『祟りの屋敷』であると分かっても、三宅はそれを受け入れることで河鍋に近づくことができた。定信様の信頼が厚い河鍋から、跡取り藤太郎のよりよい役付きへの進言をしてもらう心づもりだったのだろう」

「河鍋は、進言をするでしょうか」

「するふりくらいは、やるだろう」

冷ややかな言い方だった。

「では、寝返ったとはいえ、三宅には益はないわけですね」

河鍋は、利用をしただけだ。

「そうなるだろうな」

正紀もため息を吐いた。三方相対替を断った後、三宅の苦境をどうするか、尾張はそこまで考えていた。

それが三宅には伝わらず、河鍋にしてやられた。

「尾張にいては、藤太郎の栄達は見込めないと考えたのだ。確かにすぐにはどうにもならぬ。しかしひとかどの者であったら、背を押すことはできたやもしれぬ」

「では宗睦様には、すべてを伝えるわけですね」

「もちろんだ」

「どうなさるのでしょうか」

「何もなさらぬ。普請方に届を出す前ならば、まだ何かができたかもしれぬ。しかし今となってはどうにもならぬ。尾張徳川家一門から、旗本が一家抜けたというだけだ」

睦群は苦しい顔になった。

「野崎は、どうなりましょうや」

「あやつは、うまい汁を吸った。本所から駿河台への屋敷替が叶った。そして定信派であることを明らかにした。望む栄達ができるかどうかは知らぬが、今のところは不満などあるまい」

一番ほくそ笑んでいるのは、河鍋だろう。

このままにしておくつもりはない。

「見ていろ」

正紀は呟いた。

第五章　闇の町屋敷

一

青山は植村と共に破船を探すことになった。濱口屋の手の空いている船頭が、幸次郎が動けない間は付き合うことになっている。

両国橋西袂で三十代半ばの船頭と待ち合わせ、蔵前界隈の浅草川東河岸の土手を歩くことになっていた。吹き抜ける川風は冷たいが、三人は気合が入っている。

「頼むぞ」

「船を見る日は、確かでさあ。任せてくだせえ」

青山と植村は、滝川の町屋敷にまつわる一件に大きく関わることだと分かっている。

「毎年の家賃の一部が藩に入るのは、大きいですからね」

青山は藩内では上士で植村は下士だが、どちらも二割の禄米借り上げがなくなればありがたいと思っている。年貢以外の収入の道を探ろうという、正紀や佐名木の方針に賛同をしていた。

このあたりの船着場では、荒川を上り下りする荷船の発着が多く、そのためにご府内輸送の小ぶりな荷船も多くやって来た。嵐による高潮で、このあたりも被害に遭った。ただ海に面した鉄砲洲や築地ほどではない。

とはいえ、まだ何艘もの破船が河原に横たわったままになっている。破損の状況も様々だ。

「これは、少し手を入れれば使えますぜ」

と船頭が言う十五石積みの平底船があった。早速持ち主を捜す。これも一苦労だと聞いていたので、多少手間取っても気にしない。

何人かに尋ねて、持ち主に辿り着いた。初老の船頭が、話をするとすぐに言った。

「昨日買い手がついて、売れましたよ」

がっかりしていると、初老の船頭が言った。

「他の船ならばありますが、どうですかい」

三人は勧められるまま見に行った。

「これは」

植村が声を上げた。素人目にも、修理のしようもない船だった。

「河原に乗り上げている船はそれなりにありますが、いざ買うとなると案外難しいですね」

「まったくだ」

さらに破船を検めていく。

「これならばどうですかい」

二十石積みの船があった。小縁《こべり》の一か所が何かにぶつかって折れている。他に目に見える傷はなかった。

持ち主を捜して話をしたが、この船も二日前に売れていた。

このやり取りをしているとき、青山は、誰かに見られている気がした。そこで入念に周囲に目をやった。すると深編笠の浪人者が河原から河岸道に上がってゆく姿が見えた。

瞬間、奥州屋の用心棒樋岡辰之進の顔が浮かんでどきりとした。青山がただ勝手に思っただけだ。こちらを見ていたかどうかもはっきりしない。

「何者かに、見られていたような気がしないか」

「いえ」

植村や船頭に訊いたが、それはないと返された。またあの浪人者を見かけたら、そのときは捕らえようと考えた。

再び直せそうな船が見つかったが、これもすでに買い手が決まっていた。

「このあたりでは、だいぶ手回しのいい者がいますね」

植村がぼやいた。

「買ったのは誰か」

青山は、船を売った船頭に尋ねた。

「荒川を行き来する船問屋が、ご府内での輸送も始めるようです。それで荷船を集めていると話していました」

「そうか」

同じことを考え、すでに破船に手を伸ばしている商売敵《しょうばいがたき》がいると分かった。結局浅草川東側の河原では、一艘も手に入らなかった。

「場所を変えよう」

神田川へ出た。ここでは十石積みの船で出物があった。これはとんとん拍子に話が決まった。幸次郎に見せて、よいとなれば買うことになる。

神田川で見つけた三艘目の船は、迷う物件だった。船尾の部分に破損があった。

「修理をする船大工の腕は、どうですかい」

一緒に見ている船頭が言った。買うかどうかは、船大工の腕次第といった顔だった。

値段は手ごろでも、直せなければ無駄になる。

「そうだな」

修理をするのは橋本だ。器用で腕もまずまずだが、本職ではない。

「これは止めよう」

青山は判断した。夕方になって、幸次郎と落ち合った。幸次郎は十石積みの船を見て、買うと決めた。

結局この日は、一艘を手に入れただけだった。まだ四艘にしかならない。

それから二日の間、本所と深川界隈を、正紀や源之助、青山と植村は手分けをして歩いた。濱口屋の船頭や水手も同道した。幸次郎が一緒の時もあった。

濱口屋は、大川の東側では知られた船問屋だ。

「ああ、番頭さん」

幸次郎を知っている者もいた。

二十石積みの、状態の良い破船も手に入れることができた。一両と銀二十匁の出費は痛かったが、八石積みの船は、銀三十匁でいいと言った。修理すれば充分に使える船だ。

「濱口屋さんのお役に立つならば、引き取っていただきましょう」

と言った。

この二日で、三艘が手に入った。これで七艘となった。

その日の夕方、橋本利之助が江戸に着いた。江戸へ出てくるのは、初めてである。

「江戸は広いですね。いくら歩いても、町がなくなりません」

橋本は興奮気味だった。屋敷の場所が分からなくて、何度も人に尋ねたとか。

「ご苦労であった」

面談した正紀はねぎらった。

「正紀様のお役に立てるのは、何よりの喜びです」

毎日高岡河岸にいるから、黒々と日焼けしている。その顔をほころばせた。江戸に呼ばれたことを喜んでいた。気力に満ちている。

夜、正紀は京の部屋へ行った。日が落ちてから雨が降った。冷たい雨だった。

高岡藩では節約して、火鉢は正国と和の部屋にしかいつもは入れていない。しかし京の部屋には孝姫もいるので、火鉢を入れるようになった。

孝姫は、食事を済ませたところだという。生まれて一年がたって、母乳や重湯《おもゆ》だけでなく、形のあるものを口にするようになった。柔らかく炊いた白米や、短く切ったうどん、魚や野菜、豆腐や芋などである。歯はまだ生えていないので、歯茎《はぐき》で嚙む。

「よく食べますよ。散らかしますが」

食事の様子を聞く。孝姫は匙《さじ》を持って、自分で食べたがる。やらせるとぼろぼろとこぼす。うまくすくえなくて、焦れて手で摑む。その手を畳にこすりつける。注意をすると泣く。

「賑やかだな」

「まことに」

正紀はまだ、その場面を目にしていない。食事の刻限には、京の部屋へは来られないからだ。

食べ終えて腹がくちくなると眠くなる。正紀の膝に乗った。あやしていると、眠ってしまった。抱いていて、心地よい体の重さだ。

そこで正紀は京と話をした。一日にあったことを伝えた上で、この数日、気持ちに残っていることに触れた。

胸には、尽力したにもかかわらず離れていった三宅藤兵衛への落胆がある。それを言ってみた。

「人にはそれぞれの思いがありまする。河鍋さまのやり方が、巧みだったという他はありますまい」

「それはそうだが」

やられた、という気持ちは消えない。三宅が尾張徳川家一門を出る判断をしたことについての、無念が大きい。

「しかし滝川さまの拝領町屋敷の件は、まだ決着はついておりませぬ」

「うむ。これからだ」

「橋本利之助という力強い味方も現れました」

正紀も橋本の活躍に大いに期待していた。

二

翌朝から、橋本は作業にかかる。青山と植村は、濱口屋の船頭と破船買いを続ける。

あと三艘以上が必要だ。

幸右衛門から定められた期日は、間近に迫っている。

手に入れた船は、本来ならば仮置き場として仙台堀北河岸の濱口屋の船着場近くに停めておくべきだ。しかし破船では、深川まで水路では運べない。

正紀はすでにある七艘を、橋本に見せて回った。修理ができた船から、仙台堀へ移す算段だ。

「たくさんの店がありますね。人も荷車も、ひっきりなしに通ります。こんなに店があっても、売れるのですね。娘も、美しいですね」

橋本は、江戸の町を物珍しそうに眺めた。通り過ぎる娘も、気になるらしい。まだ一人身だった。

まずは神田川の船を見させる。船を前にすると、目つきが変わった。江戸見物に来たわけではない。己の役割はわきまえていた。

「どうだ」

まず一艘目だ。橋本では手に負えないとなったら、厄介なことになる。正紀は緊張した。

「そうですね」

橋本は船を丁寧に見て、手で触って検め、時には拳で叩いた。しばらくそれを繰り返してから、正紀に顔を向けた。

「この船は激しくぶつけられて、そのために船体が歪んでいます。しかし両縁を支える肋《あばら》の部分を取り換えて補強すれば、もとに戻ると思います」

「そうか。できるか」

「はい」

返事を聞いて安堵したが、次の言葉に肝を潰した。

「ただ船体を支える肋は、薄くても二寸以上の檜《ひのき》か欅《けやき》でなければなりません。またもし舵にひびが入っていたら、新しい樫《かし》材を用意しなくてはなりませぬ」

「な、何と」

これには慌てた。新たな金が要る。

「古材ではだめか」

「だめではありませぬが、要《かなめ》の部分ですので」

橋本は言葉を濁した。新材がいいと言っている。商いの荷を預かる船だから、いい加減には済ませられないだろう。

二艘目は、古材でも済ませられる修繕だった。

そして鉄砲洲へ行った。ここの船も、丁寧に検めた。

「この船は、古材での補強で済みそうです。ただ細かな細工をするための道具がないとできませぬ」

「材木だけでなく、道具もだな」

声が掠れた。

「それがしも道具は持ってまいりましたが、きちんと直すとなればそれなりの道具が入用です」

橋本は高岡河岸で日頃使っている鋸《のこ》や鑿《のみ》などの道具や、材木の間を埋める槙肌《まいはだ》などは用意してきた。しかしそれは高岡河岸で仮の修理をするためのもので、船大工が使うものではなかった。藩でも、用意するゆとりがなかった。

しかし嵐でぶつかり合った船体は、様々な部位を破損していた。修理の内容は、多岐にわたっている。すべてに対応するには、それなりの道具が必要だという言葉は理解できた。

「鑿でも片鍔鑿《かたつばのみ》や釘刺鑿、横切鑿などがあれば、丁寧な仕事ができます」

高岡河岸に、荷船に乗って船大工が立ち寄ったことがあったという。その折に道具を見せてもらい、使い方を聞いたとか。

「なくて仕事ができないわけではありませんが、それでは充分な修繕にならないこともあると存じまする」

さらに道具だけではない。船用の釘も必要だと言った。

「どうするか」

ここまできて、ないからできないとは言えない。正紀は考えた。

「道具類は、尾張藩の御船方から借りるしかあるまい」

となったが、船材は、そうはいかない。何とかしなくてはならなかった。

「またもや金か」

正紀の発した声は呻き声に近いものになった。何かをしようとするとき、いつもこれで立ち止まらざるを得なくなった。

濱口屋へは頼めない。修繕は高岡藩でするという条件だった。藩も、勘定方の井尻《いじり》もとんでもないと首を横に振るだろう。貸し渋りで、金を貸してくれる商家はない。

尾張藩も今尾藩も、金には吝い。

京に頼めば何とかしてくれるかもしれないが、それはしたくなかった。そうなると、行くところがなくなった。

それでも、できることはしなくてはならない。源之助には上屋敷に戻らせ、使えそうな予備の材木を運ぶように命じた。

正紀は尾張藩上屋敷へ行って、船奉行に会った。正紀とは顔見知りだ。

「どうぞ、お使いください」

修理道具の目処がつき、大いに助かった。

いよいよ修理が始まる。船を動かすには人手もいるから、手伝いの藩士も二名加えた。

橋本は槌音を響かせる。

瞬く間に一日が過ぎた。青山と植村は、芝で二艘を探し出した。早速幸次郎が検めて、買い取りが決まった。

これで九艘が揃った。残った金子は、一両と銀二十五匁だった。

「先が見えてきましたね」

源之助が、ほっとした顔で言った。

「気を緩めてはならぬぞ。何があるか分からぬからな」

正紀には、材木代の捻出という問題が目前にある。今は橋本に直せる破船から当たらせているが、この問題を解決できなければ、修理は中断してしまう。

「あと一艘だ。それをできるだけ安く買えれば、残った金子を材木の代金に充てられるのだが」

そう願うが、思い通りにならないのがこの世の常だ。他に手立てはないかと首を捻った。

三

翌日は正紀と源之助も、青山と植村の破船買い取りに同道した。橋本は暗いうちに起きて仕事場の河原へ行き、暗くなるまで作業をする。
二、三日の内に材料を用意できなければ、修理を滞らせることになる。焦りがあった。
この日は亀島川へ行った。八丁堀と霊岸島を隔てる川だ。このあたりは海に近く、水の被害は大きかった。破船の数も多かったが、徐々に姿を消し始めていた。

「これならばどうですかね」

同道していた濱口屋の船頭が言った。品定めをする船頭は、毎日変わる。昨日付き合った者は、もう江戸を発っているかもしれない。

持ち主を捜して交渉する。

「一両と銀二十五匁でどうですかい」

初老の船頭は言った。破損状況からして買ってもいい物件だったが、明らかに高値だった。

船問屋だけでなく、小金を持つ雇われ船頭が、持ち船にするために破船を買おうとする動きも出ていた。今ならば、仕事はいくらでもある。

「いかがいたしましょうか」

正紀が返答できずにいると、青山が買ってもいいのではないかという顔で言った。銭を払ってしまえば、それで残金はなくなるが十艘は揃う。集めるという役目は、果たせたことになる。

正紀は事情を伝えた。すると青山の決断は早かった。

「やめましょう」

八丁堀では、ほったらかしになっている船ではなく、船庫にあって修理をするつもりの船を示された。

「二両でいかがでしょうか」

ひげ面の中年男が現れ、船乗りの癖に、商人のように揉み手をした。

論外だ。そこで三十間堀《さんじっけんぼり》へ行った。ここでも売り物はあったが、値が合わなかった。

「まだ破船はあるのに、値段が合いませんね」

源之助がぼやいた。その日は、一艘も買えなかった。

夕暮れ近くになって、橋本の仕事場へ行った。昨日今日で、一番簡易な船の修理は済んで次の船にかかっていた。

修理の済んだ船は、幸次郎たちが仙台堀の濱口屋の船着場へ漕いでいった。

次の日は、大川の東河岸を歩いた。正紀といつもの面々である。すると修繕のできそうな十五石積み船が目についた。値も銀五十五匁と手ごろで、少し前ならば買っていただろう。

これを買い取ると、およそ銀三十匁が残ることになる。

「ううむ」

決めるのは幸次郎だが、勧めるかどうかは迷うところだった。

「これならば肋は買えるが、他の木材が買えぬな」

この船は保留にした。

「他の買い手が出たら、売ってしまいますぜ」

と持ち主に言われた。

昼下がりになって、橋本の仕事場へ行った。すでに二艘目の修理を終えて、三艘目に取りかかっていた。

「まずまずの進み具合だな」

正紀はよしとしたが、修理用の材木の手当てがつかないのが気持ちの上で重しになっていた。

このとき橋本が手を止め、体を起こして、周囲に目をやった。

「誰かに、見られていた気がしました」

それを聞いて、一同はどきりとした。そして続いて周囲を見回した。しかしそれらしい者の姿はなかった。

「河鍋か奥州屋の手の者ではありませんか」

「こちらの動きに、気づいているようだな」

源之助の言葉に、正紀が返した。

「ならば何か、企んできそうですね」

植村が口にしたが、誰もが考えたことだった。青山も、前に何者かに見られたことがあると言っていた。

「よし、敵の動きを探ろう」

何か仕掛けてくるとしたら、実際に手を出すのは奥州屋の用心棒樋岡辰之進だろう。樋岡は嵐の日に芝二葉町の町屋敷を打ち壊せと指図をした。そして間違いなく、生き証人の寅次を殺した輩である。河鍋家の須黒啓之助も、仕掛けに加わるかもしれない。まずは青山と植村に、奥州屋の様子を見に行かせた。特に樋岡や手代の太吉の動きは見逃せない。

二人が京橋へ向かったところで、幸次郎が現れた。やはり気になって、修理の様子を見に来たのだ。

「これまでの修理は、実によくできています。この船も、今日中には終わりそうですね」

船の様子を目にして、幸次郎は言った。

「期日までに、間に合うでしょうか」

気になるのは、当然だった。

「懸念がひとつある。船材で購《あがな》えぬものがある」

正紀は正直に言った。節目のない樫材だと、高い値を取られる。

「なるほど」

幸次郎は、事情を察したらしかった。

「大丈夫です。揃えていただきましょう」

「金がかかるぞ」

するとと幸次郎は、思いがけないことを口にした。

「直しを済ませた船は、さっそく濱口屋で、ご府内の輸送に使っています」

「それは何よりだ。遊ばせておく手はないからな」

「商いの品を運んでいるわけですから、濱口屋から輸送の代金を受け取ります」

「なるほど」

幸次郎の言いたいことが呑み込めた。

「その船だけではありません。直しが済んだ船は、その日から稼ぎます。その銭を、船材の代金に充てればよいのです」

これで話が決まった。

大川東河岸の先で保留にしていた船を、幸次郎と共に見に行った。

「これは買いましょう」

船を検めた幸次郎は言った。これで十艘が揃ったことになる。

「稼ぎが多くなれば、さらに船を増やせるぞ」

久々に胸が躍った。

四

正紀に命じられた青山は、植村と共に奥州屋のある北紺屋町へ行った。二人は河鍋の家臣須黒について調べるために、奥州屋へ来たことがあった。その折に、店の主だった者の顔と名は、見て確かめている。

重厚な建物が並ぶ界隈だ。露店などはなく繁華とはいえないが、人通りは絶えない町だった。

自分を見張っていたと感じたのは、深編笠の浪人者だった。橋本の仕事ぶりを見ていたのも、同じ者に違いない。見張り役をするならば、樋岡か須黒だと青山は思っていた。

店の者には訊けないので、木戸番小屋へ行った。番人に奥州屋の用心棒樋岡の動きを尋ねることにした。深編笠を被っていても、町の者ならば体形や着物の柄で気がつくだろう。

「そういえばこの数日、毎日のように朝から出かけていますね」

番人は気がついていた。

「我らか、橋本の見張りですね」

植村が言った。

京橋川に架かる比丘尼橋の袂近くから、奥州屋の様子を見張った。

取り立てて変わった動きはない。常の商いの様子だ。時折、貞之助や太吉の姿が見えた。

十一月になって、日が落ちるのがひと際早くなった。日が西空に傾き始めると、あれよあれよという間に、通りに薄闇が這ってくる。道行く人の足が、忙しげになる。

そろそろ暮れ六つ（午後六時）の鐘が鳴る頃、深編笠の浪人者が町木戸を通り過ぎた。

「樋岡ですね」

植村の言葉に、青山は頷いた。浪人者は奥州屋へ戻るのかと思ったら、横道に入って、裏通りに出た。さらに田楽《でんがく》屋の敷居を跨いだ。近所のお店者《たなもの》や荷運び人足に酒を飲ませる店らしい。そっと中をうかがうと、数人が談笑していた。

深編笠を取った顔を、店の近くまで行って確かめた。やはり樋岡だった。一人で飲み始めた。店の前で、青山と植村は様子を窺う。

田楽を焼くときの、味噌《みそ》の香ばしいにおいが漂ってくる。植村が生唾を呑み込んだが、青山は気づかないふりをした。二人は店の戸口が見える物陰に身を潜めた。

そして暮れ六つの鐘が鳴り、しばらくして太吉が姿を現した。二人は再び店の中をうかがった。太吉は、樋岡が飲んでいる縁台に腰を下ろし、樋岡と話をしながら飲み始めた。

「何かの打ち合わせでしょうか」

「須黒あたりが来ればそうだろうが、あの二人だけならばどうだか」

青山は考えたことを口にした。二人で悪事を練るならば、居酒屋に来る必要はない。二人は楽しそうに飲んで喋って店を出た。須黒は姿を見せなかった。

翌日も青山は植村を伴って、早朝から奥州屋を見張った。店の戸が開くと、深編笠を被った樋岡が姿を現した。

青山と植村は、間を空けてつけて行く。樋岡は急ぎ足でもないが、のんびり歩きでもない。立ち止まることもなく両国橋を東へ渡り、それから竪川河岸へ出た。

河岸道から河原を覗き込んだ。そこでは橋本が、破船の修理を行っていた。鑿を叩く木槌の音が響いてきた。

樋岡はそのまま、修理の様子を見詰めた。

「あやつ、よくここが分かりましたね」

植村が、感心したように言った。

「おそらく昨日、橋本の動きを見て、今日はここだと目星をつけたのであろう」

「周到ですね。確かめに来たわけですね」

「直した船の数も、分かっているのではないか」

だとすると、何かを仕掛けてきそうだ。

「襲ってくるのでしょうか」

植村も、同じことを考えたようだ。

「ないとはいえないが、橋本の傍らには仕事を手伝う藩士が二人いる。こちらは三人だ。いくら樋岡が腕利きでも、白昼三人を相手にはしないだろう」

ただ何かを企んでいるのは間違いない。

半刻ほど仕事ぶりを眺めた後、樋岡は引き上げた。青山と植村は上屋敷へ戻って、見たことを正紀に伝えた。

青山から報告を聞いた正紀は、源之助を濱口屋へ使いに出した。幸次郎に、問いかけをさせたのである。

話で聞く限り、樋岡の動きは周到で執拗だ。何かを企んでいるのは間違いないが、どの程度こちらのことが分かっているのか、はっきりさせておきたかった。

幸次郎は破船を集めて修理をして、その船でご府内を巡る船問屋を興す。場所は芝二葉町の拝領町屋敷だということが、どこまで知られているか確かめたのである。

一刻半（三時間）ほどで、源之助は屋敷へ戻って来た。

「濱口屋の者は、小僧に至るまで知っているそうです。船頭や水手も、伝え聞いているだろうとの話でした」

となると奥州屋や河鍋には、伝わっていると考えるべきだった。樋岡はその上で、橋本の仕事の進捗具合を見張っている。

正紀は、佐名木と源之助、青山と植村を集めた。

「その方らが奥州屋や河鍋ならば、何をするか」

と問いかけた。

「直した船を、壊します」

源之助が言うと、一同が頷いた。正紀たちが一番困ることだ。

「時期はいつか」

ここも大事だ。

「こちらの動きを、やつらは手に取るように知っています。今夜襲撃があっても、おかしくないでしょう」

「いや。やるならば、直しがすべて済んでからではないでしょうか。その方が、こちらが受ける損失は大きくなります」

「なるほど。やる以上は、できるだけこちらを痛めつけたいであろう」

正紀が言うと、他の者は頷いた。

「十艘を、まとめてやるでしょうな」

佐名木が眉間に皺を寄せながら言った。

修理が済んだ船は、すでに稼ぎを始めている。しかし夜になれば、濱口屋に近い仙台堀に並べられる。

「一気に十艘やる腹ならば夜でしょうな」

「ならば我らは、そこで待ち伏せをすることになりますな」

植村が言い、青山が続けた。

ただいつ来るか決めつけるのは危険だ。そこで奥州屋には見張りをつけることにした。

「山野辺にも伝えて、力を借りよう」

正紀は北町奉行所へ向かった。山野辺は町廻りに出ていたが、半刻ほど待って、会うことができた。

ここまでの詳細を伝えた。

「奥州屋の動きから、目を離せなくなったな」

「いよいよ大詰めだ」

山野辺は、京橋川河岸に並ぶ納屋の番人小屋を、見張りに使えるように図ってくれた。前に見張った木戸番小屋は使わない。すでに怪しまれているだろう。

橋本による破船の修理が完了したのは、幸右衛門に指定されたぎりぎりの日だった。正紀は仙台堀の船着場に並ぶ十艘の荷船に目を細めた。関わった者にとっては、ここまでくるのはたやすいことではなかった。幸次郎も満足そうに、並んだ船に目をやった。

人をやって幸右衛門と幸兵衛を呼んだ。二人に船を検めさせたのである。

「よく、なしとげてくださいました」

一渡り見て回ってから、幸右衛門は正紀に頭を下げた。

「いやいや、幸次郎の意気込みがあればこそだ。それがなければ、この度の件はうまくいかなかったであろう」

「…………」

幸右衛門から求められた厳しい条件を、幸次郎は期日までに満たすことができた。幸右衛門の次男坊を見る目には、安堵がある。父子でひと悶着あったが、それを通して、商人としての成長を感じたのかもしれない。幸兵衛も、満足そうな面持ちだった。

これで十艘の船が調ったが、さらに幸次郎は十人の船頭も揃えたのだった。歳をとって遠路の航行が厳しくなった、しかし艪を漕ぐ腕はまだある濱口屋の元船頭や破損して持ち船を使えなくなった船頭などに、声をかけていたのである。

「立派な倅を、お持ちだ」

「いや」

幸右衛門は照れくさそうな顔をした。

これで濱口屋は、芝二葉町の滝川が所有する拝領町屋敷に、ご府内用の船問屋の看板を掲げることになった。

「幸次郎を、主人といたします」

いつかは暖簾分けをしたいと考えていたようだ。期限を切って限られた金子でどこまでやれるか、幸次郎を試したのかもしれない。眼鏡に適ったのならば何よりだ。

正紀は尾張藩上屋敷と今尾藩上屋敷に、事の次第を伝えた。宗睦は、すぐに大奥の滝川に伝えることだろう。正式な承諾を得た上で、賃貸の証文を交わす。幸次郎が十艘の船と共に芝二葉町に移るのは、それからだ。

年の家賃は百八十両で、口利きをした高岡藩が四十両を得る。毎年なので、この実入りは藩として大きい。

三方相対替では無駄働きになったが、拝領町屋敷の件では、尾張徳川家一門の役に立てた。

ただ、片付けなくてはならないことがもう一つあった。ここで敵の仕掛けを許したら、すべてが水の泡になる。

五

四日の間、奥州屋の動きを見張るだけでなく、夜間仙台堀に並ぶ荷船十艘の警固も併せて行った。けれども何も起こらなかった。十艘の荷船は、濱口屋だけでなく他の船問屋からも引き継いで荷を運び続けていた。

「江戸でお役に立てて、嬉しゅうございました」

船大工さながらの腕を発揮した橋本は、高岡の国許へ帰って行った。高岡河岸の管理と警固の役目がある。しかしついでに江戸見物ができたのは、本人にとって大きな喜びになったらしかった。京が、橋本の母親のために、練羊羹を手土産に持たせた。

この間に、滝川から承諾の知らせがあり、睦群が間に入って、約定を取り交わした。正式に賃貸契約が調ったのである。大家は前からの者が引き継ぐ。

芝二葉町の拝領町屋敷へ入るのは、三日後と決めた。その間に、看板などを取り付ける。建物も多少手を入れると聞いた。


それから二日の間、雨が降った。嵐ではないが、冬を実感させる氷雨だった。幸次郎が拝領町屋敷に移る前日になって、ようやく止んだ。

奥州屋の見張りは青山と植村が続けていた。

いつものように商いをし、番頭の貞之助や手代の太吉は外出をした。しかし河鍋や須黒と連絡を取ることはなかった。

ただ三人、侍が出入りをした。青山や植村には、見覚えのない顔だった。奥州屋の者に何者かとは訊けないので、交代で後をつけた。

植村がつけた侍は、白河藩ではない大名家の屋敷に入った。

夕方になって、中間が姿を見せた。そのときには青山が少し前に引き上げた侍をつけていた。

中間は、言付か書状を届けただけらしく、すぐに通りに出てきた。

「あれはつけなくてもよいか」

植村は迷った。植村も出てしまうと、残って見張る者がいなくなる。しかし武家はすべてつけろと正紀に命じられていた。中間は武家の家来だ。

中間の後をつけて行く。すると戻った先は、北八丁堀の白河藩上屋敷だった。植村は、河鍋が奥州屋と企みの打ち合わせをしたと解釈した。

植村はいったん奥州屋へ戻り、青山と共に上屋敷へ帰って正紀に伝えた。


暮れ六つ間際になって、荷船十艘が土手に沿って船体を並べた。正紀と山野辺、源之助、青山と植村、それに濱口屋の手代や小僧、船頭や水手が暗がりの中に潜んだ。それぞれ、棍棒や突棒《つくぼう》、刺股《さすまた》などの得物を手にしていた。腹ごしらえも済ましている。賊を逃がさないために、高張提灯《たかはりぢょうちん》や龕灯も用意をした。船で現れる可能性も充分あるので、追跡用の船も用意をした。

「これならば、逃がしませんぜ」

植村が言った。

闇が、徐々に濃くなってゆく。月だけが、川面を照らした。

一同、固唾を呑んで夜の河岸道や川面に目をやった。川風が、音を立てて吹き抜けた。

日が落ちて、めっきり冷え込んできた。体を震わせる者もあった。時が、刻々と過ぎてゆく。

河岸道を、提灯を手にした者が現れた。千鳥足だ。鼻歌をうたっている。不審な動きもないままに通り過ぎた。

さらに時が過ぎた。待つ者には、長く感じられた。

「現れませんね」

じっと待ち続ける息苦しさに堪えかねたように、源之助が言った。

「襲ってくるのは、もっと夜更けてからでしょう」

青山が、なだめるように言った。

時が過ぎると、酔っ払いも通らなくなる。冷たい川風が吹き抜けるばかりだ。

ついに町木戸が閉まる四つ（午後十時）の鐘が鳴った。体も冷えてきた。濱口屋の小僧が、くしゃみをした。

「そろそろ来そうだが」

「そうだな。明日になれば、船も人も芝二葉町へ移る。狙うならば今夜なのは間違いないぞ」

山野辺の言葉に、正紀は何かが引っ掛かった。しかしすぐには頭の中で形にならない。

さらに四半刻待っても、賊は現れなかった。

ここで正紀は、はっと気がついた。芝二葉町の建物だ。「明日になれば、船も人も芝二葉町に移る」ということは、今は空家だということだ。

「仙台堀ならば、濱口屋の者だけでなく、高岡藩士も潜んでいるかもしれないと考えるだろう。そんなところへ、のこのこやって来るか」

「そうだな。芝二葉町の空き家を壊せば、事はたりる」

河鍋らにすれば、濱口屋の商いなどどうでもいい。滝川と高岡藩、すなわち尾張徳川家一門に打撃を与えることが目的だ。ならば船でなくても、目的は果たせる。高岡藩士が仙台堀に集まっているならば、かえって好都合だろう。

ただ断定はできない。

「芝二葉町の拝領町屋敷を見に行こう」

正紀と山野辺が、舟で芝二葉町へ向かうことにした。船頭役に植村を使う。他の者には、そのまま十艘の船を見張らせた。

「急げ」

すでに町木戸は閉まっている。通りに人通りはなくなっているはずだった。しかし汐留川を使って舟で芝二葉町へ近づけば、怪しまれることなく辿り着ける。

夜の大川を渡る。すでに町明かりはない。月明かりがあるだけだ。正紀が、持ってきた龕灯で行く先を照らした。

汐留川に入った。河岸の道に、人の気配は感じない。耳に入ったのは、風の音と野《の》良《ら》犬の遠吠えだけだった。

芝二葉町の船着場に着いた。船を飛び降りた正紀と山野辺は、河岸の道に駆け上った。

「あっ」

滝川の拝領町屋敷の前で、動く黒い影を月明かりが照らしている。正紀は、龕灯の明かりを向けた。

顔に黒布を巻いた、四人の姿が浮かび上がった。二刀を腰にした侍二人と、町人の二人だ。

一人が斧を振り上げ、壁に打ち付けようとしていた。もう一人は、刀を使って戸を外そうとしている。

「狼藉者。夜陰に紛れて何をする」

正紀は駆け寄りながら叫んだ。山野辺と二人で、賊の逃げ道を塞ぐような位置に立った。艫綱を結んだ植村も、河岸道に駆け上って来た。

「うわっ」

いきなり光を当てられた賊たちは、慌てたらしかった。逃げようとしたが、こちらは道を塞いでいた。

斧を持った町人が、正紀に打ちかかってきた。正紀は龕灯を地べたに置くと、そのまま向かってくる相手と向き合った。

斧は風を斬って振り落とされてくる。正紀は前に出ながら、相手の内懐に飛び込んだ。大きく振り上げていたから隙ができた。ほぼ同時に、相手の膝に足をかけていた。

勢いづいていた体が、それだけで前のめりになった。正紀は相手の脇に身をやって、均衡《きんこう》を崩した目の前の体を突き押した。

「ひいっ」

相手は、地べたに転び、手にあった斧は闇に飛んでいる。

正紀は相手に躍りかかると、上半身を押さえつけた。そして相手の足を、容赦せずに踏みつけた。骨が折れる感触が、足に伝わってきた。

正紀は、腰の刀を引き抜き、侍に向き直った。向こうはすでに刀を振り下ろしていた。

ただわずかな間があって、迫ってきた刀身を払うことができた。体を後ろに飛ばして、再び向かい合った。

目の端に捉えた山野辺は、浪人者に立ち向かっている。艪を手にした植村は、町人を相手にしていた。

「やっ」

侍が正紀に打ち込んできた。斜め前に出ながら、こちらの二の腕を斬ろうという動きだった。

正紀はその一刀を撥《は》ね上げたが、それは織り込み済みだったようだ。刀身がくるりと回転して、こちらの肩先を狙ってきた。

まだこちらは、充分に足場を固めていなかった。しかしそれでもどうにか、迫りくる刀身を撥ね上げた。そのまま相手の体の脇を、抜けようとした。

けれども勢いづいた刀身がまたも追ってきた。攻めが止まない。

正紀は体を相手の脇に回り込ませながら、これを横に払った。刀身がぶつかり合った直後、体を横に飛ばした。足に渾身の力を入れていた。

ようやく距離ができた。正紀は正眼に構えた。相手の全身に目をやる。

身なりは、浪人者ではなかった。

「その方は、須黒だな」

と正紀は侍の体つきを見て言い放った。

「うるさい」

須黒は正紀の喉元に向けて、切っ先を突き出した。いきなり名を当てられて、動揺もあったらしい。これまでのような鋭さはなかった。

正紀は前に出ながら、須黒の刀身を横に払った。そのまま動きを止めずに、小手を狙った。

だが須黒の動揺は、寸刻の間だけだった。つっと引かれた手が、直後にはこちらの肘《ひじ》への攻撃に変化していた。
三、四寸先に、切っ先が迫っている。
正紀は斜め前に出ながら、須黒の二の腕を狙った。距離は充分だ。向こうの切っ先は、わずかに届かないと判断した。

「とうっ」

肉を裁《た》った手応えが、掌《てのひら》に伝わってきた。相手の切っ先は、こちらの袖を斬っただけだ。

「ううっ」

須黒の腕から血が飛んだ。よろめいたところで太腿《ふともも》を蹴ると、黒い体が地べたに転がった。

正紀は駆け寄って、手拭いで腕の止血をしてやる。そして相手の刀の下げ緒で、後ろ手に縛りあげた。

そのときには、山野辺は浪人者の刀を落として、腕を捩じり上げているところだった。植村は転ばした相手に馬乗りになって、握り拳で顔を殴っていた。

「そこまでにしろ」

あまり痛めつけて、尋問ができなくなっては始まらない。

四人の顔の布を取って、龕灯の明かりで照らした。予想通り侍は須黒と樋岡で、町人は貞之助と太吉だった。

龕灯を当てて、拝領町屋敷を検めた。戸板と柱の一部を傷つけられただけで済んだ。明日の引っ越しは、問題なくできそうだった。

捕らえた四人は、夜間でも南茅場町の大番屋へ移した。そして植村には、舟で濱口屋へ知らせに行かせた。源之助や幸次郎らは、気を揉んでいるはずだった。

六

大番屋へ移した須黒と樋岡、貞之助と太吉は、それぞれ別の部屋へ押し込み、山野辺が尋問をした。正紀はこれに立ち会った。

夜間の人家への侵入、さらに破壊行為は、盗賊に準ずる行為として吟味の対象とした。まず樋岡から問い質しをする。

樋岡は寅次殺しの容疑があるが、まだそれには触れない。今夜の所行に絞っての問いかけからだ。

河鍋や奥州屋への義理はない。ただ金が欲しいだけで、実行役になったと見ている。今夜の犯行については、現場で捕らえられた以上、じたばたはしなかった。

「貞之助から五両を貰った。命じたのは、奥州屋の主人だ」

この証言を基にして、太吉を問い詰めた。

犯行現場を見られ歯向かった上での捕縛だから、奥州屋十郎兵衛と貞之助に命じられたことを認めた。斧を振り上げて歯向かってきたのは、太吉だった。足を骨折している。応急手当てはしているが、痛みはあるはずだった。

時折顔を顰《しか》めるが、山野辺は気にしない。

「あの建物が、武家の拝領町屋敷であることを知っていたか」

「はい。大奥の偉い老女だとは聞いていました」

名は知らない。

「あの屋敷を襲ったのは、初めてではないな」

と告げると、どきりとした顔になった。

「知っていて隠し事をすると、罪が重くなるぞ」

脅すと、体からがくりと力が抜けた。

「あの嵐の夜に、ここへ来ました」

そのときの状況を訊いた。貞之助に命じられて人足を雇い、建物を壊したり水が敷地に流れ込むように土を削ったりしたことを認めた。

「それをすれば建物がどうなるか、分かっていたはずだ」

「へえ」

項垂《うなだ》れた。主人や番頭の命には逆らえなかったと言い足した。人足たちに指図をしたのは樋岡だった。太吉は仕事ぶりを確かめるのが目的だったから、離れたところにいた。正紀らが現れたので、現場から離れた。

正紀たちも気づかなかったし、人足たちも知らなかった。寅次も六助も、太吉のことは口にしていなかった。

「前回は人足を使ったが、今回はいない。なぜか」

「あのときは、樋岡様が顔を見られてしまいました。下手をすればあそこで、すべてが露見してしまうところでした」

「それで口封じに、樋岡が寅次を斬ったわけだな」

「はい。今度は口の堅い四人だけで、他所《よそ》の者を使わずにやろうと、旦那さんと貞之助さんが決めました」

「寅次と六助は、大番屋を出た後に煮売り酒屋で酒を飲んだ。おまえはそこへ行って話を聞いたな。そして寅次が、樋岡の顔を見ていたことを知ったわけだな」

「そうです。話を聞いてから、旦那さんと貞之助さんに伝えました。でもまさかそれで、寅次を殺すとは、考えもしませんでした」

太吉は樋岡が寅次を殺害したことを、認めた。ただ自分は殺害に関わりがないという言い方だった。己の罪を、少しでも軽くしたいからだろう。

「仙台堀の船を襲うことは考えなかったのか」

「話し合いました。でもあちらは、前から高岡藩のお侍が見張っていたのは分かっていました。店の手代が、確かめに行きました」

ここで再度、樋岡に尋問した。今度は寅次殺しについてだ。初めは否認したが、太吉の証言を告げると無念の顔になって認めた。

「手を下したのは拙者だが、貞之助から金子を受け取ってことをなした。もともと寅次の命など、どうでもよかった」

と樋岡は言った。

そして次は、貞之助だ。現場にいただけでなく、太吉と樋岡の証言があった。嵐の夜、拝領町屋敷へは行かなかったが、打ち壊しを指図したことは認めた。寅次殺害についても同様だ。

「なぜ拝領町屋敷を狙ったのか」

「大奥の滝川様のものだからです。奥州屋は、白河藩の御用達になることを狙っていました。ですから、河鍋様のお指図に従いました」

ここでようやく、河鍋の名が出た。

「では今回だけでなく、嵐の夜の件も、河鍋殿は知っていたわけだな」

「はい。そうでなければ、私どもはやりません。奥州屋は、大奥の動きとは何の関わりもありません」

「それ以前の嫌がらせはどうか。蕎麦屋と煮売り酒屋を追い出した件だ」

「旦那様のお指図で、わたしと太吉が人を雇ってやらせました。奥州屋には何の利もありませんが、河鍋様がお望みでした」

念のため、三方相対替について、正紀が訊いた。

「あれも、河鍋様に頼まれました。ですが御法度《ごはっと》に触れることではないと存じます」

と返された。

ここで須黒に当たった。須黒については、今回の夜襲で捕縛したが、寅次の殺害や前回の打ち壊しでは名が挙がっていなかった。今夜の件だけでの、問い質しとなる。

「すべてはそれがしの一存でござる」

貞之助の証言はあったが、須黒は河鍋の関与を否定した。自分が勝手に企てに加わったのだと主張した。

「滝川様は、ご老中様に敵対するお方でござる。一泡吹かせてやろうと、それがし一人が奥州屋の企みに関わったまででござる」

厳しい責めにも、言を変えなかった。主人の河鍋を庇《かば》ったのである。

この頃には、夜が明けようとしていた。山野辺は、十郎兵衛を呼び立てた。

十郎兵衛は、拝領町屋敷の打ち壊しがしくじったと覚悟をしていたらしかった。貞之助と太吉の証言を伝えられると、「畏《おそ》れ入りました」とすべてを認めた。河鍋からの指図も認めた。

ここまで明らかになったところで、山野辺は北町奉行に報告を入れた。

「北町奉行は、大目付と白河藩の江戸家老に事態を伝えることになる」

山野辺は言った。

「まあ、そうなるであろう」

「犯行の疑いがかかっているのは白河藩ではなく、陪臣の河鍋丹右衛門であり、実行したのはその家来の須黒だ。この件は、白河藩扱いになるのではないか」

老中首座の家臣の問題となれば、大目付も町奉行も、深入りをしたくないだろう。どのような処分をするかは、白河藩が決める。

町人の十郎兵衛と貞之助、浪人者の樋岡は死罪になる。太吉には遠島の沙汰《さた》が下るだろうと、山野辺は言った。

数日後、正紀は睦群に呼ばれて、赤坂の今尾藩上屋敷へ出向いた。白河藩の処分についての話があった。

「須黒は、腹を切ったそうだ」

「さようで」

予想がついた。須黒は己の命を懸けて、主家を守ったことになる。須黒には弟がいて、家督を継ぐらしい。

「しかし、河鍋は最後まで関与を否定した」

あくまでも須黒の身勝手な行動としたのである。切腹は、その責を負ってなされたことになる。

「白河藩としても河鍋家は名門である以上、そう始末するしか手がなかったであろう」

睦群は、割り切ったように言った。

「ただ須黒が腹を切っただけでは済まない。河鍋は監督不行き届きとして用人の役を解かれ、無役になるそうだ」

「それで幕引きを図るわけですね。しかし河鍋は、藩の家老への道が閉ざされたことになります」

「うむ。身から出た錆《さび》であろう」

「ともあれ滝川様の拝領町屋敷には、以後、不埒《ふらち》な真似をする者は現れておりませぬ」

「その方は、役目を果たしたことになるな」

睦群は笑顔を見せた。

「宗睦様も、満足をしておいでだ」

と付け足した。

それを聞いた正紀は満足した。役目が果たせただけでなく、新たな実入りが滝川の拝領町屋敷から上がることになる。

「もう一つ、伝えることがあるぞ」

「何でしょう」

「三方相対替をした、三宅藤兵衛についてだ」

睦群は、含みのある微笑を浮かべて言った。あの後、何かがあったようだ。

「あの者は、病ということで代替わりを申し出た。それはすぐに認められた。ただその折、御幕奉行の役も下りたことになる」

「跡取りの藤太郎殿が当主になり、お役を継ぐわけですね」

「三宅家の当主にはなるが、藤兵衛の役は継がぬ」

「定信様が後ろ盾になるということで、よい役に就くのですか」

「いや。不始末をしでかした河鍋が推挙した者を、定信殿が取り立てると思うか」

満足そうな顔で睦群は言っている。

「そうですね」

「藤太郎は家督を継いだが、無役となる」

きりりとした面貌《めんぼう》の、若侍の顔が頭に浮かんだ。

「宗睦様は、動かないのでしょうね」

「当然だ。一門を離れた者だからな」

定信も宗睦も、情に流される男ではない。

「三宅家は二百五十両の引料を得たが、無役になって、『祟りの屋敷』に住み続けることになる」

「まことに」

「一時不気味な屋敷に住んでも、藤太郎が役を上げ家禄を上げれば、屋敷替となる。だからこそ青山の屋敷を受け入れたのだろうが、河鍋と野崎にしてやられたわけだ」

無役になれば、小普請金を払わなければならない。三宅家ならば、年に十両ほどになる。

睦群の言う通り、支払いは無役でいる限り続く。身から出た錆だから藤兵衛は仕方がない。ただ藤太郎については、少し不憫な気がした。

とはいえ三宅家は、引料を手にすることができた。野崎が出した金子は百両に足りないもので、後は奥州屋が負担した。金を受け取ったのは二度目の町屋敷襲撃前で、後だったならば得られなかった。奥州屋は、闕所《けっしょ》になったからだ。

「それだけでもよしとするべきか」

正紀はそんなふうにも考えた。

七

芝二葉町にできた濱口屋の分家は、時節柄繁盛していた。ご府内を運ぶ荷船は、引く手あまただ。

本家の荷を運ぶだけでなく、新たな客も捉まえていた。

「顧客を増やしますよ。そして船を増やします」

幸次郎は意気込んでいる。

それから半月ほどした頃、宗睦から知らせがあった。大奥の滝川が、正室寔子の代参で伝通院へ来るというものだった。

今回は芝居ではなく、芝二葉町の濱口屋分家の様子を見たいとの要望だった。正紀に案内をしろとの御下命である。

気は重いが、仕方がない。

「無事お役目を果たされたのですから、胸を張ってお会いなされませ」

と京には言われた。しかし滝川には、何か近寄りがたい威厳がある。

当日は青空の広がる穏やかな一日だった。空では小鳥が囀《さえず》っている。

正紀はまたもや京から持たされた船橋屋織江の練羊羹を持参して、伝通院境内に入った。

御忍び駕籠を用意して、読経の声を聞きながら、庫裏の玄関前で滝川が姿を現すのを待つ。読経が済めば、間もなく滝川は姿を現す。

今回は、昼食を「一緒に」と言われていた。二人だけで食事をするとなると、喉に詰まりそうだ。京が面白がっていたのは、気に入らない。

読経が済んで、いよいよと身構えながら待つ。衣擦れの音がして、化粧と鬢付け油が香った。

「お目にかかれて、恭悦《きようえつ》至極《しごく》に存じます」

心にもない挨拶をしてから、御忍び駕籠に乗るように促した。滝川は答礼もしないまま、駕籠に乗り込んだ。

かねて手配している築地の料理屋へ移動した。前とは違う店だ。副室のある十六畳の部屋で、滝川は床の間を背にして座った。

料理が運ばれてくる。ここで滝川が切り出した。

「いろいろと、たいへんであったそうな。宗睦殿より伺った」

にこりともしないのは、いつものことだ。料理を口に運んでも、うまいなどとは言わない。

「はあ。大潮と高潮が重なった嵐の折は、拝領町屋敷の屋根におりました。生きた心地がしませんでした」

水嵩がみるみる上がってくる恐怖。濡れ瓦で足を滑らしそうになった者を助けた話など、具体的な事柄を伝えた。その後の、破船を探したことや修理の話をしていると、時を忘れた。

意外にも、滝川は興味深そうに聞いた。正紀の緊張はそれでだいぶ和らいだ。

半刻ほどで食事を終え、芝二葉町へ向かった。一年の最後の月だ。棄捐の令で金詰まりとは言っても、庶民の暮らしの営みは絶えることがない。汐留川の川面では、今日も荷船が行き来している。

「濱口屋の分家は、繁盛しております」

駕籠を止めて、屋根と引き戸を開けた。新しい看板を掲げた濱口屋の前だ。船頭や商家の番頭らしい者が出入りをしている。二棟あるうちの一棟は店として使い、もう一棟は荷の仮置き場として使っていた。

「履物を」

求められて揃えると、滝川は外へ出た。改めて二棟の町屋敷に目をやった。昼下がりの日差しが当たって眩《まぶ》しそうだ。

河岸の道から、土手や船着場にも目をやった。十五石積み船が着岸して、荷下ろしをしている。

「あれは濱口屋の船じゃな」

「そうです」

「破船だったとは、思えぬ見栄えじゃな」

「ははっ」

笑顔は見せないが、満足そうな表情だった。

「よくやった。礼を申すぞ」

初めて、顔に微笑らしいものを浮かべた。

こうしている間にも、人や荷車が行き過ぎる。滝川の姿に物珍しげな目を向ける者もいない。

滝川は、御忍び駕籠に乗り込んだ。伝通院まで送り返した。

駕籠を降りて庫裏に入るとき、滝川は正紀に顔を向けた。

「また会おうぞ」

ここで正紀は、京から預けられていた土産の練羊羹を手渡す。

「うむ」

受け取った滝川は、建物の中へ入っていった。三回目だが、今回もどっと疲れが出た。ただ少し、慣れた気もした。

「また何かを命じられるのか」

だいぶ気が重い。しかし回を重ねれば、どうにかなるかもしれないとも思った。

高岡屋敷に戻った正紀は、正国や佐名木に詳細を伝えた。

「それでよかろう」

正国は言った。それから京の部屋へも行った。

京は帰りを待っていたらしく、目を輝かせて正紀の話を聞いた。

「よろしゅうございましたな」

「うむ」

「滝川さまと召し上がった昼食の味は、いかがでしたか」

「話に夢中で、よく分からなかった」

これは当然といった顔で、京は聞いた。

「場を重ねれば、女子の扱いも慣れるかもしれぬな」

終わって時がたつと、そんな気がした。

「女子は、誰でもそうであろうか」

「さあ」

それで京の顔が、やや不機嫌になった。

「無理をして慣れることはありませぬ。それでよいではありませぬか」

きっぱりとした口調だった。前と微妙に言うことが違う。しかしこういうときは、逆らわない。京にはどう接すればいいか、近頃だいぶ分かってきた。合わせることに、不満もなかった。

隣室で孝姫が侍女と遊ぶ音が聞こえる。何が楽しいのか、きゃっきゃとはしゃぐ孝姫の声が聞こえた。

本作品は書き下ろしです。

双葉文庫

ち-01-43

おれは一万石《いちまんごく》
大奥《おおおく》の縁《えん》

2020年12月13日　第1刷発行

【著者】
千野隆司《ちのたかし》

【発行者】
箕浦克史
【発行所】
株式会社双葉社
〒162-8540 東京都新宿区東五軒町3番28号
［電話］03-5261-4818(営業)　03-5261-4840(編集)
www.futabasha.co.jp（双葉社の書籍・コミックが買えます）

【印刷所】
大日本印刷株式会社
【製本所】
大日本印刷株式会社
【カバー印刷】
株式会社久栄社
【DTP】
株式会社ビーワークス

【フォーマット・デザイン】
日下潤一

ISBN978-4-575-67035-6 C0193
Printed in Japan

雇われ師範・豊之助　借金道場

千野隆司

北町奉行・永田備前守正直の三男・豊之助は師の命でボロ道場の立て直しをはかるのだったが……。待望の新シリーズ第一弾！

雇われ師範・豊之助　ぬか喜び

千野隆司

ボロ道場に十数名もの新弟子志願者が訪れた。豊之助が賊から救った越中屋の指図らしい。喜ぶ豊之助だったが、思わぬことに……。

雇われ師範・豊之助　瓢簞から駒

千野隆司

刺客に狙われる若侍を助けた豊之助。事情も聞かず、道場に居候させたのだが、凶刃は豊之助にまで迫る！　人気シリーズ第三弾！

雇われ師範・豊之助　家宝の鈍刀《なまくら》

千野隆司

遺体に残された凶器は、豊之助の弟子がつねに腰に差していた家宝の脇差だった。真の下手人を捜す豊之助だったが……。

雇われ師範・豊之助　泣き虫大将

千野隆司

多大な被害を招いた神田上水決壊は人災か天災か⁉ 普請奉行に頼まれ探索をはじめた豊之助は、驚くべき真相へ行きついた！

雇われ師範・豊之助　鬼婆の魂胆

千野隆司

居候の父子が狙う仇はどうやら江戸を騒がす火付け盗賊団の頭⁉ 豊之助と北山は密かに探索を続けていた。大団円のシリーズ最終巻‼

川あかり

葉室 麟

藩で一番の臆病者と言われる男が、刺客を命じられた！ 武士として生きることの覚悟と矜持が胸を打つ、直木賞作家の痛快娯楽作。

螢草《ほたるぐさ》

葉室 麟

切腹した父の無念を晴らすという悲願を胸に、出自を隠し女中となった菜々。だが、奉公先の風早家に卑劣な罠が仕掛けられる。

峠しぐれ

葉室 麟

峠の茶店を営む寡黙な夫婦。ある年の夏、二人を討つため屈強な七人組の侍が訪ねてきた。二人の過去になにが。話は十五年前の夏に遡る。

あおなり道場始末

葉室　麟

その剣、天下無双——ただし、三回に一回⁉

未完成の奥義〝神妙活殺〟を引っさげて、三兄妹弟は父の仇を捜すため道場破りの旅にでる！

かりんとう侍

中島　要

黒船来襲で揺れる幕末の江戸。呑気に生きてきた甘えん坊侍にも、次々と試練が襲いかかる。若様は時代の荒波を乗りきれるのか⁉

うき世櫛《よぐし》

中島　要

抜群の腕をもつ女髪結いとけなげに修業する若い弟子。髪に込められた想いを通して、二人は悩める江戸の女を救う。傑作時代小説。